抗えない情熱

結城一美

白泉社花丸文庫

抗えない情熱　もくじ

イラスト／小山田《おやまだ》あみ

◆

dolphin――流麗《りゅうれい》な英文字で店名が書かれたドアの前で、百合野瑛一《ゆりのえいいち》はピタリと足を止めた。

そして困惑《こんわく》げに眉根《まゆね》を寄せる。

「やっぱりいいよ、折原《おりはら》。僕はこういう所は…」

「ここまで来て何言ってんだよ、ガキじゃあるまいし。往生際《おうじょうぎわ》が悪いよ、百合野」

そう言うが早いか、折原は百合野の腕をつかんで、ドアを開いた。

「こういう時はね、新しい恋をするのが一番なんだって」

片目をつぶり、笑ってみせる折原に引き入れられた店内は、百合野の想像していたものとはだいぶ違った。

黒と青をベースにしたインテリアと、随所《ずいしょ》に配置された間接照明が柔《やわ》らかな光を放って、揺《ゆ》らめく海底のような不思議な空間をつくり出している。

俗《ぞく》にハッテン場と呼ばれるゲイバーとは思えない、お洒落《しゃれ》で落ち着いた雰囲気の店だ。

客は十数人程度。平日のせいだろうか。意外にも百合野と同じようにスーツを着たサラリーマン風の男が多く、折原のようなラフな格好《かっこう》をしている者のほうが少ない。

　ハッテン場というからには、値踏みするようにこちらを見つめてくる男たちが集まっている店なのだろうと思っていたが、こうして見ると、客に女性がいないというだけで、なんら普通のバーと変わりがないように感じられる。

「百合野。ほら、そんなとこで立ち止まってないで、こっちこっち」

　折原に腕を引かれてカウンター席に座ると、ストイック然としたベストと蝶《ちょう》ネクタイ姿のバーテンダーが「いらっしゃいませ」と、にこやかに微笑《ほほえ》んだ。

「珍《めずら》しいですね、折原さんがお連れさまと、ご一緒とは」

「今夜はね…ちょっとワケアリなんだ」

　茶色い癖《くせ》毛《げ》を掻《か》き上げながら、意味深《いみしん》にそう言う折原は、どうやらここの常連らしい。

　何事にも奥手の自分とは違い、折原はオープンで積極的な性格だ。

　百合野も大学時代から何度、彼のこの明るさに救われたかわからない。

「あ、オレ、いつものマルガリータ。百合野は何にする？」

「…じゃあ、同じのを」

「かしこまりました」

　恭《うやうや》しくうなずくバーテンダーに、折原はカウンターに身を乗り出すように言う。

「ねぇ、聞いてよ、マスター。こいつ、百合野っていってオレの友達なんだけど、この間、彼氏と別れてから、ずーっと落ち込んでるんだ。もうかれこれ一カ月以上は経《た》つかな」

「お…おい、折原っ」

「ノンケの男と付き合ったって、いいことないよって、あれほど言ったのにさ。百合野ってば言うこと聞かないし。見かねて、ちょっと強引にここへ連れてきたってわけ」

いくらオープンな性格だとはいえ、辺りもはばからず、いきなりそんなことを話しだすなんて、と百合野は焦《あせ》って声を上げた。

だが、マスターと呼ばれたバーテンダーは少しも動じず、「そうだったんですか。それは大変でしたね」と、百合野に対してごく自然に労《いたわ》りの目を向けてくる。

「でしたら、このカクテルは、つらい思いをされた百合野さんへ、せめてもの元気づけに、わたしからプレゼントさせていただきましょう」

「えっ…いいんですか、そんな…」

「もちろんですよ」

そう言って微笑み、シェーカーを取り上げるマスターに、百合野はホッと安堵《あんど》の息をついた。

「ありがとうございます。じゃあ、お言葉に甘えさせていただきます」

普通の人間なら、目の前にいる男が男と付き合っていて失恋したと聞けば、ギョッとして顔を強張《こわば》らせたり、あからさまに嫌悪《けんお》したりするのが一般的な反応だろう。

でも、ここにはそういう人間はいないのだ。

必要以上に警戒《けいかい》する必要もなければ、異端視《いたんし》されることもない。

それだけでも、気持ちが楽になるような気がした。

「あ。いいなぁ。マスターの奢《おご》り？　だったらオレもオレも。実はオレもこの間、失恋したばっかなんだ～」

「それはちょっと困《こま》りますねぇ。折原さんの場合、こうたびたびプレゼントしていては、店が潰《つぶ》れてしまいます」

「あ、ひどいなぁ。オレ、そんなに何度も振られてないよ、マスター」

「おや、そうでしたか」

二人の軽快なやり取りも耳に心地《ここち》いい。

自分の性癖《せいへき》を恥《は》じることなく、いつも自然体で振る舞ってきた折原とは違い、百合野は長年ずっと自分を異質な人間だと思って暮らしてきた。

二十五歳になった今でこそ、スーツを着て仕事をしていれば、それなりに見えるかもしれないが、大学時代は本当に地味で目立たないタイプだったと思う。

男のくせに躰《からだ》は細く、色素の薄い髪や女顔なのは折原と同じだが、自分には彼のように人の目を惹《ひ》きつける派手さや華やかさは備わっていない。

そんな百合野を受け入れ、日の当たる場所に引っ張り出してくれた、唯一《ゆいいつ》の男《ひと》――

『そろそろ俺たちも潮時《しおどき》だろう、瑛一』

百合野が恋人に別れを切り出されたのは、今から一カ月半前。

その時のことを思い出すと、今でも胸が締めつけられるように痛む。

彼と過ごした日々はあまりにも鮮烈《せんれつ》で、到底《とうてい》忘れることはできそうにない。

折原の言うような新しい恋になど、目が向けられないのが本音だ。

それでも誘《さそ》われるまま、ここへ足を運んだのは、最近仕事にも日常生活にも支障《ししょう》をきたしてしまうほど、塞《ふさ》ぎ込んでいることが多くなったせいだった。

「――どうぞ、マルガリータです」

目の前に滑《すべ》るように差し出されたグラスに、百合野はハッとして顔を上げた。

「こういった店は、初めてでらっしゃいますか」

「えっ…ええ、そうなんです。すみません。慣れていなくて…」

慌《あわ》てて返答する百合野に、マスターは穏《おだ》やかな笑みを浮かべたまま首を振る。

「とんでもない。誰《だれ》にでも、何にでも、初めてというものはあるものです。うちの店が、百合野さんにとって、よい気分転換の場になればいいのですが」

「そうそう。こういう時はやっぱり気分を変えるのが一番だよ。今までは百合野が先輩一筋だったからオレも黙《だま》ってたけど、こっちの世界にも、いい男はいっぱいいるんだからさ。この際もっと視野を広げてみるべきだよ。特に百合野は、世間知らずで…」

「へぇ、きみ、百合野くんっていうのか？　見かけない顔だね。折原くんの知り合い？」

折原の言葉をさえぎるようにして、突然頭上から声がした。

「あっ…はい。そうですが…」

驚いて振り仰《あお》ぐと、派手なスーツを着込んだ男がカウンターに手をついて、百合野の顔を覗《のぞ》き込むようにして立っていた。

「きみ、こうして近くで見ると、すごくきれいな顔をしてるね。まさに百合の花って感じだな。どう？　もしよかったら、僕と付き合ってみない？」

ニッと笑って、さらに顔を近づけてくる男に、折原が強引に割って入る。

「駄目！　遊び人の榊《さかき》さんは却下《きゃっか》」

だが、榊と呼ばれた見るからにタラシ風の男は、少しもひるまない。

「おいおい、いきなり却下はないだろう、折原くん。だいたいオレが声をかけたのは百合野くんにであって、きみにじゃないんだから、口は出さないでほしいな」

やんわりとした口調ではあったが、場慣れしているのか、男はひどく押しが強い。

だが、折原も負けてはいない。

「残念だけど、オレには口を出す権利があるんだよ」

「へぇ…どんな？」

「こう見えても百合野は今、オレと付き合ってるんだ」

堂々と宣言《せんげん》する折原に、男は一瞬目を丸くして、プッと噴《ふ》き出した。

「何言ってるんだ。どう見たって、きみら二人は同類じゃないか。どこの世界に…」

「残念でした。オレはネコでも、百合野は違うんだよ。ねっ、百合野？」

そう言って、折原は百合野に向かって目配せをした。

「えっ……ええ。そうです。僕は、その……ネコじゃありません」

折原の言うことはよく理解できなかったが、ここで同意しないと面倒《めんどう》な事態に陥《おちい》りそうなことはわかったので、百合野は内心動揺《どうよう》しながらも、きっぱり否定する。

途端《とたん》に、男が硬直した。

「……嘘《うそ》だろ……マジ？」

「本当です。すみませんが」

しかも百合野が駄目押しをすると、頬《ほお》をひくりと引きつらせ、一歩後ずさる。

「そ…そんな……。ホ…ホントかよ…」

ゴクッと喉《のど》の鳴る音が聞こえた。そして男は今一度、百合野の顔をまじまじと見つめて、

「いや…あははは…」と狼狽《ろうばい》しながら、店を出ていく。

その直後。

「見た見た、マスター？　榊さんの、あの顔」

盛大《せいだい》な笑い声を上げ、目に涙《なみだ》まで滲《にじ》ませる折原に、マスターもカウンターの向こう側で苦笑している。

「あの……僕、何かおかしなことでも言ったんでしょうか」

二人の顔を見比《みくら》べながら、困惑して尋《たず》ねる百合野に、また笑い声が上がる。

「ごめんごめん、百合野。実はね…」

そう言って、真相を明かしてくれた折原に、百合野は真っ赤になった。

男同士で付き合う場合、男役がタチで、女役をネコと呼ぶのだということを、世間ずれしていない百合野は知らなかったのである。

女性相手ならまだしも、男を相手に百合野が男役を務《つと》められるとは到底思えない。

折原のほうなら、まだ若干信憑性《じゃっかんしんぴょうせい》があるかもしれないが。

「——なんだか、ひどく楽しそうだね」

甘いテノールの響《ひび》きが、百合野の耳をくすぐった。

急いで顔を上げると、今度は先刻とはまるで違う、紳士然とした男が横に立っていた。

年の頃《ころ》は三十代後半だろうか。ウエーブのかかった焦《こ》げ茶色の髪に、日本人離れした彫りの深い顔立ちがとても印象的だ。シルバーグレイのフレーム越しに見える黒い瞳《ひとみ》は、吸い込まれてしまいそうなほど深みがある。

着ているダブルのスーツも見るからに高級で仕立てもよく、男が相応の地位にある人物だということが察せられた。

「あっ、眞山《まやま》さん。お久しぶり」

「いらっしゃいませ。しばらくお見かけしませんでしたね、お元気でいらっしゃいましたか」

折原とマスターが親しげに受け答えをする。ということは、見るからに紳士なこの人も、こちらの世界の人間なのだろうか――

「ああ。おかげさまでね。失礼。ここ…いいかな？」

「…あっ、はい。どうぞ」

少し慌てて百合野が答えると、眞山と呼ばれた男は「ありがとう」と微笑み、隣《となり》の椅子《いす》に腰をかけた。

そんなささいな仕草《しぐさ》にも、榊という男とは正反対の、大人の男の落ち着きが感じられて、百合野はつい眞山をじっと見つめてしまう。

その視線を感じたのだろう。眞山は「いつものを頼《たの》む」ともの慣れた口調でマスターにオーダーすると、百合野に向かってにこやかに挨拶《あいさつ》をした。

「初めまして。眞山薫《かおる》です。きみは折原くんのお友達…かな？」

向けられる間近の眼差《まなざ》しに、ドキンと心臓が鳴った。

「えっ…ええ、そうです。百合野といいます。百合野瑛一です」

百合野も自己紹介をしたが、場慣れしていないせいか、お世辞《せじ》にもスマートな返答とはいえない。

だが、そんなぎこちなさも眞山には好印象に映ったのか、向けられる目が優《やさ》しく細められる。

百合野はなぜだか落ち着かない気持ちになって、手元のグラスをグイッと傾《かたむ》けた。

「眞山さん、今日はここで待ち合わせ？」

折原が百合野越しに身を乗り出し、尋ねる。

「いや。あいにく今は独《ひと》り身《み》なんだ」

「えっ、以前よくここで待ち合わせして、一緒に飲んでた彼はどうしたの？」

「いつもギムレットをたしなまれる、とても素敵《すてき》な方でしたよね」

カクテルを作りながら話に加わるマスターに、眞山は少し淋《さび》しげに笑う。

「彼とはね、少し前に別れたんだ。っていうか、正しくは振られた……が正解かな」

その言葉に、百合野の胸がズキンと痛んだ。

「え～っ、眞山さん、また振られたの？」

「ひどいなぁ、折原くん。『また』はないだろう、または」

「だって、オレが知ってるだけでも、もう、一、二……三回は下らないよ」

指を折って数える折原に、眞山が苦笑する。

「でも、向こうから『新しい恋人ができた』と言われたら、こっちは引くしかないだろう。好きな相手だからこそ、見苦しい真似《まね》をして困らせたくはないし」

「眞山さんは優しすぎるんですよ」

グラスに琥珀《こはく》色のカクテルを注《そそ》ぎながら、マスターが慰撫《いぶ》するように言った。

「好きだからこそ、見苦しい真似をしてほしい……そういう時もあるんじゃないですか」

百合野はハッとしてマスターの顔を見つめた。

隣の眞山もまた、同じように真顔になっている。

だが、それはすぐに苦笑いに取って代わった。

「……確かに、言われてみれば、そうかもしれないな」

「でも、マスター。眞山さんは基本、『来る者は拒《こば》まず、去る者は追わず』の人だもん。それは難《むずか》しいんじゃない？」

明るく割って入る折原に、マスターも眞山も一瞬目を見張る。

「う〜ん…。鋭《するど》いですね」

「まったく、折原くんには敵《かな》わないな。ははは」

沈鬱《ちんうつ》になりかけていたその場の空気が、折原の言葉でパッと一掃《いっそう》される。

これも折原の持って生まれた性分《しょうぶん》なのだろう。少々辛辣《しんらつ》な言葉を口にしても、根が明朗《めいろう》快活《かいかつ》で悪気がないことがわかるだけに、誰もが笑って彼を許《ゆる》してしまう。

俗にいう、憎《にく》めない性格の持ち主なのだ。

「あっ、そうだ、百合野。これも縁《えん》だしさ、今夜は眞山さんに慰《なぐさ》めてもらいなよ」

「えっ」

「眞山さん、実はね、この百合野も振られ組なんだ」

「お、折原っ」

両手で肩をつかまれ、椅子ごとクルリと眞山の方へ躰を向けさせられて、百合野は思わず抗議《こうぎ》の声を上げた。

その目に、グラスを片手に驚く眞山の顔が映る。

「信じられないな…。きみのような人を振る男がいるなんて」

カッと顔が熱く火照《ほて》った。

それが折原に対する憤《いきどお》りのせいなのか、眞山に対しての羞恥《しゅうち》ゆえなのか、よくわからないが、百合野は慌てて赤面した顔を逸《そ》らす。

「でも、それはいいアイディアかもしれませんね」

「でしょでしょ？　眞山さんって話し上手で聞き上手だし、慰め役にぴったりだよね」

「ええ。確かに。うちの店でも密《ひそ》かに『癒《いや》しの眞山』と呼ばれているほどですからね」

「おいおい、マスターまで、ひどいな。人をセラピーか何かみたいに」

「でも、当たらずとも、遠からじ、でしょう」

揶揄《やゆ》するマスターに、眞山がウッ…と言葉をつまらせる。

その横顔に、つい口元を緩《ゆる》ませてしまった百合野を見逃さず、折原が言った。

「ほら、マスターもこう言ってるんだしさ。百合野もいきなり新しい恋をしろっても、抵抗あるんでしょ？　その点、眞山さんだったら紳士だし、安心だから。ね？」

「ねって、折原…」

ポンと百合野の肩を折原が叩《たた》いた途端、背後から示し合わせでもしたように、「おーい、折原？」と声がかかった。

折原はクルリと振り向き、そしてパッと顔を輝かせる。

「悪い、百合野。向こうに知り合いが来たみたいだから、オレ、これで行っていい？」

そう言うが早いか、百合野が承諾《しょうだく》する前に、もう折原は椅子から腰を浮かせていた。

いつもながら羨《うらや》ましいほど、フットワークが軽い。

「じゃ、眞山さん、それとマスター、百合野のことよろしくね～」

折原はひらひらと手を振って、奥のボックス席に飛んでいく。

その背中を見送って、百合野がため息をつくと、隣から苦笑が聞こえてきた。

「まるで嵐のようだな、折原くんは」

「す…すみません」

「きみが謝《あやま》ることはない。それに、あの軽さと明るさが彼のいいところだからね。救われる人間も多い」

そう言って、グラスを傾ける眞山に、百合野は目を見張る。

折原はあの風貌《ふうぼう》にあの調子なので、誤解されやすく、敬遠《けいえん》する者も少なくはない。

だが本当は、人一倍情に厚く、面倒見のいい性格なのだ。

それをちゃんと理解してくれている眞山に、百合野は親近感を覚える。

「とりあえず、乾杯《かんぱい》しようか」

そのせいか、百合野は眞山の言葉に「はい」と素直にうなずくことができた。

「マスター。百合野くんとわたしに、アルディラを頼む」

百合野は、マスターが「かしこまりました」と答えた途端、自分のグラスが空《から》になっていたことに、ようやく気づいた。

「あの…」

「お近づきの印だよ。気にしなくていい」

眞山は百合野が戸惑《とまど》うのを見て、にこやかに微笑む。

「それに、これはきみとわたしのためのカクテルだからね。ぜひ飲んでもらいたいんだ」

「僕と…眞山さんのための？」

「ああ」

意味深にうなずく眞山に、マスターもまた無言のまま笑顔でうなずく。

だが、百合野は不思議と不安な気持ちにはならなかった。

百合野は初対面の人間とは、なかなか打ち解けられない内向《ないこう》的な性格だ。

社会人になり、会社勤《づと》めをするようになってから、表面上はだいぶ改善されたが、本質は変わらない。それは自分の性癖に対する気後《きおく》れと、周囲に知られてはならないという強迫観念《きょうはくかんねん》が根底にあるからだ。

だが、こうして今、静かにシェーカーを振るマスターと、ゆったり煙草《たばこ》を燻《くゆ》らせている眞山を横に、百合野は今まで味わったことのない安心感と心地よさを覚えていた。

と同時に、百合野は自分こそが、ゲイという特種な性癖に偏見《へんけん》を持っていたのだと気づく。

それがわかっただけでも、この店に来た甲斐《かい》があったと、百合野は思った。

『おまえは気にしすぎなんだよ、瑛一』

嘆息《たんそく》交じりに言われた、あの日の言葉が脳裏《のうり》をよぎる。

胸に苦いものが込み上げた。

「どうぞ。ホワイトラムをベースにしたカクテル、アルディラです」

目の前に、淡《あわ》い水色の酒が注がれた細長いグラスが、スッと差し出される。

百合野は弾《はじ》かれたようにして顔を上げた。

眞山が乾杯を促《うなが》すように、手にしたグラスを掲《かか》げていた。

百合野は急いで自分もグラスを取り上げ、そして眞山のそれに近づける。

リン…と涼《すず》しげな音が鳴った。

その音の向こうで、眞山が静かに言う。

「百合野くんは、知ってるかな？　アルディラは、イタリア語で『すべてを越えて』という意味の言葉なんだよ」

「すべてを……越えて？」

「ああ。新しく一歩を踏み出すためには、必要なことだろう。特に、今のわたしたちのような境遇《きょうぐう》の人間にはね」

「…眞山…さん」

「百合野くん。わたしたちの未来に、乾杯だ」

ジンと胸の奥が沁《し》みるように熱くなった。

過去は忘れろと…否《いな》、過去を乗り越えて前へ進めと、眞山はそう言っているのだ。

まるで、百合野の今の心情を理解しているかのように。

今日、初めて会った見ず知らずの人なのに。

百合野は躰の奥底から込み上げてくるものを呑《の》み込むように、グイッとグラスを傾けた。

冷たく甘く、それでいてどこかほろ苦い酒が、喉を流れ落ちていく。

それは一カ月半前、背を向けて去っていった恋人の面影《おもかげ》を彷彿《ほうふつ》とさせて、百合野の胸を再《ふたた》び切なく軋《きし》ませた。

「……っ」

グラスを持つ手がかすかに震《ふる》えた。

耳に、眞山の穏やかで低い声が響く。

「百合野くん…。そんなふうに我慢《がまん》しなくていい。折原くんが言ったように、ここで出会ったのも何かの縁だ。わたしでよかったら、話はいくらでも聞くよ。言葉にすれば、胸の痛みも少しは和《やわ》らぐかもしれない」

「………」

「ただ、わたしも何度も振られ続けているからね。たいした助言はできないと思うが」

自嘲《じちょう》ぎみにそう言う眞山に、弱っている心が強く揺さぶられる。

もう楽になりたかった。

折原のように、終わった恋には見切りをつけて、すぐに新しい出会いを求められるほど自分は器用ではない。

でも、このままではいけないことは、百合野にもわかっていた。

早く気持ちの整理をつけないと、満足に息もつけなくなってしまう——ただ、いくらそう思っても、心は疲弊《ひへい》していくばかりで、身動きすらできなくて。

「……五年間、付き合っていた先輩と、別れたんです。先輩がアメリカに出向になって…それを機会に、もう潮時だろうって…言われて」

震える声で言葉にした途端、現実がグサリと鋭く胸に突き刺さった。

その痛みを、百合野は残りのカクテルを飲み干すことで、振り払おうとする。

「そうか…五年も…。先輩っていうことは、彼は同じ会社に勤めてる人なんだね」

「…ええ。でも、先輩とは大学も一緒だったんです。先輩は僕より二つ学年が上で、すごく目立つ存在でした。何をするにも積極的で優秀で…。なのに後輩の面倒見もよくて、いつも人の輪の中心にいるような人だった。僕とは、まるっきり正反対の人だったんです」

「だから惹かれた……好きになってしまった？」

コクリとうなずく百合野に、眞山が目を見張る。

「だったら、きみはその頃から…大学時代からずっと、彼のことを想い続けてきたのか」

再び黙って百合野はうなずいた。

その前に、マスターが二杯目のアルディラをそっと差し出す。

青いその酒を見つめる百合野の目が、ゆらり…と揺れた。

「でも、好きになってはいけなかったんです。男の自分が、男の先輩を好きになるなんて。そんなこと……普通じゃないんですから」

「百合野くん、きみ…」

「だから振り向いてもらえるとは思ってなかった。僕には女の子たちのように、告白する勇気もなかったから…。なのに先輩は、こんな僕を受け入れてくれて…」

そう言うと百合野は、目の前のグラスに手を伸ばした。

「この五年間、僕は本当に幸《しあわ》せだった。だからもう、わがままは言えない……言っちゃいけないんです」

一気に呷《あお》ったカクテルが、カッと喉を焼く。

もともと酒はあまり好きではなく、強いほうでもなかった。

でも、百合野にだって酒の力を借りたいと思う時はある。飲まずにはいられない時が。

ただ、こうやって心の内をさらけ出して、酒を酌《く》み交わす相手がいなかっただけのことで。

折原は唯一、百合野の理解者だったが、先輩と付き合うことには強く反対された。

それを押し切って、結果こういうことになってしまったのだから、今さら泣き言は言えない。それでも傷心の自分を、どうにかして元気づけようとしてくれる折原に、百合野はただ感謝するだけだ。

「――でも、本当は、きみにも言いたいことがあったんだろう？」

「…え？」

「言っちゃいけない、ってことは……そういうことじゃないのかな」

眼鏡《めがね》越しにまっすぐ見つめてくる眞山の瞳が、百合野の心の琴線《きんせん》を揺さぶる。

駄目だ。いけない。

このままその言葉を口にすれば、きっともう自分を保《たも》てなくなる。

それが怖《こわ》い。

百合野は眞山から目を逸らした。

「いいんです。もう……過ぎたことですから」

「よくないよ、百合野くん。言っただろう。我慢しなくてもいいと」

「我慢なんて…してません。こうやって、話を…聞いてもらえただけ…で…」

声が震えた。ギュッと握《にぎ》りしめた手の上に、ポタリ…と水滴《すいてき》が落ちる。

それが自分の流した涙だと気づいた瞬間、百合野は弾かれたようにして椅子から立ち上がった。

「もう充分《じゅうぶん》です。今日は…ありが……あっ！」

視界がグルリと大きく反転する。

「百合野くんっ、おいっ……百合野くん！」

眞山の叫《さけ》び声《ごえ》が、なぜだか遠い。

そう思ったのを最後に、百合野の意識はプツリと途切《とぎ》れた。

◆

「百合野。おまえ、俺に言いたいことがあるんじゃないか」

相葉直毅《あいばなおき》が百合野に向かってそう言ったのは、大学の卒業式も間近に迫《せま》った、ある夜のことだった。

テニスサークルが主催の追い出しコンパで、二次会に流れる際、百合野は相葉に腕を引かれて、物陰《ものかげ》に連れてこられた。

今日で先輩とも会うことはなくなる。だからこの二年間、ずっと隠し続けてきたこの想いとも、今日で決別するのだ——そう思って覚悟を決めていた百合野に、相葉の言動は不意打ちだった。

百合野は息が止まるかと思うほど驚き、青ざめつつも、必死で冷静を装《よそお》った。

「……はい。先輩には、いろいろお世話になりました。本当にありがとうございました」

途端に目の前の男っぽい精悍《せいかん》な顔が、不満げに歪《ゆが》む。

「おまえ……それで本当に後悔しないわけ？」

鼓動が急速に速まり、背中に冷たいものが流れた。

「な…なんのことですか、いったい」

だが、しらを切る暇《ひま》もなかった。

「――おまえ、俺のことが好きなんだろう？　いつも熱っぽい目で、こっちをじっと見てるのは、そういう意味だと思ったんだけどな。……違うのか」

百合野の全身から、スゥ…っと血の気が引いた。

相葉と出会ったのは、百合野がまだ大学に入って間もない頃のことだった。

サークルの勧誘《かんゆう》を装い百合野を襲《おそ》おうとした上級生を、偶然《ぐうぜん》通りがかった相葉が有無を言わせず殴《なぐ》り飛ばし、救ってくれたのである。

「大丈夫か、怪我《けが》はないか？　あいつ、男にも女にも見境《みさかい》がないって有名な奴《やつ》だから、気をつけたほうがいい。気持ちが悪かったろう、男に襲われるなんて」

大丈夫です、と言いかけて百合野は一瞬、顔を強張らせた。

すでにその当時、百合野は自分の性癖にも気づき、それを恥じてひた隠しにするようになっていたからだ。

「あ…。ごめん。俺の言い方、何か気に障《さわ》ったか？」

「い…いえ、そんな…」

「でも、あいつ……意外に目が高いかもな」

そう言って、しげしげと百合野の顔を見つめてくる相葉に、ドキンと胸が鳴る。

「きみ、一見地味だけど、よく見たら、女の子も顔負けなほど可愛《かわい》いし、ひどく印象的な目をしてる。…って、ごめん。これも男に対して、失礼な言い方だよな」

でも、悪気はないんだ、と再び謝り、爽《さわ》やかな笑顔を向けてくる相葉に、百合野の胸が沁みるように熱くなった。

貧相《ひんそう》な躰に線の細い女顔。自分の容姿にコンプレックスを抱《いだ》いていた百合野にとって、相葉の言葉は蔑視《べっし》ではなく、率直《そっちょく》な賛辞《さんじ》に聞こえたのだ。

しかもその人柄に惹かれて、テニスサークルの見学に行った百合野を、相葉は喜んで迎え入れてくれた。そして、部員になってからも、忙《いそが》しい合間を縫《ぬ》って、個人的に百合野の指導をしてくれたり、頻繁《ひんぱん》に飲みにも連れていってくれて。

「おまえと一緒にいると、なんかリラックスできるんだよな。百合野って癒し系かも」

その言葉だけで、百合野は充分だった。

部長として人望も厚く、男女問わず誰彼となく好かれる相葉が、たいして取《と》り柄《え》もない自分を、こんなふうに側《そば》に置いてくれる。

それだけでも百合野は幸せだったし、それ以上はけして望むまいと思っていた。

なのに。

「すみませんっ……先輩…っ、すみません」

気がついたら自分は、その場にくずおれ、譫言《うわごと》のように何度も謝罪を繰《く》り返していた。

だが、相葉はそんな百合野の前で膝《ひざ》を折り、信じられない言葉を口にしたのだ。

「そこまで真剣に俺が好きなら、百合野……おまえ俺と付き合ってみるか」

百合野は弾かれたようにして顔を上げた。

「そんな……っ。先輩には、彼女もいるじゃないですか」

「あいつとは卒業を機に別れることになっている。だから気兼《きが》ねはいらない」

「でも……っ。でも、僕は男で…。先輩は、気持ち悪くないんですか」

「別に。俺はどっちでもいいんだ。確かに男はおまえが初めてだけど、もともと偏見はないほうだからな」

耳を疑《うたが》うような言葉の羅列《られつ》に、頭がついていかない。

それでもかろうじて、どうして自分と付き合う気になったのかを尋ねると、相葉は「そうだな…」と苦笑した後、いともあっさり返答した。

「おまえに興味があるから…じゃ、駄目か」

駄目なはずがなかった。

しかも相葉は百合野が自分の性癖を気にしていたことも薄々感づいており、社会人と学生の立場のほうが、付き合いやすいだろうとまで言ってくれたのだ。

そうして二年間、百合野は幸福な時間を過ごした。

相葉は偏見がないと言った言葉どおり、肉体関係でも百合野を満足させてくれた。

少し強引で自分勝手な面もあるが、それも百合野の目には、自分にはない魅力《みりょく》としか映らなかった。

ただ、折原には、相葉と付き合うことを反対された。

「ノンケと付き合ったって、絶対いいことはないよ。それに相葉先輩は、きっと百合野を泣かせる」

その言葉の意味を知ったのは、百合野が相葉に勧《すす》められて、同じ自動車メーカーのマツナミに入社してからのことだった。

何事にも積極的で思いきりがよく、向上心も出世欲も旺盛《おうせい》な相葉は、社内でも成績優秀な営業マンとして高く評価されていた。一方、百合野はこつこつと地道にものを作り上げていく手腕《しゅわん》を認められて、開発部の一員として活躍《かつやく》するようになった。

そうして二人の親密度は、同じ会社に勤務するようになったせいで、さらに高まった。

だが、おかげで今まで見えなかったものや、知りたくなかったことまでもが、百合野の目や耳に飛び込んでくるようになった。

相葉の女性関係である。

大学時代から相葉はよくもてる男だった。物事にこだわらないさっぱりとした性格に、爽やかで男性的な風貌。加えて将来性のある相葉を、女子社員が放っておくはずがない。

それに相葉も飲みに誘われれば、気軽に応じるタイプだ。

しかもその延長で、つい関係を持ってしまうことも少なくないらしい。

だが、そのことに深く傷ついても、百合野は相葉を責めることができなかった。

もともとはノーマルだった相葉を、こっちの世界に引きずり込んでしまった負い目があるからだ。

それに相葉も、好きなのはおまえだけで、女とはいつも一度きりの火遊びだと言う。

それが証拠《しょうこ》に、相葉は同じ女性とは二度と関係を持っていないようだった。

相葉は百合野にとって、初めての男であり、最愛の恋人だった。

それゆえ、百合野はますます自分が異端な人間だということを、周囲にひた隠しにするようになった。

もしも相葉との関係を知られたら、自分はいいが、相葉の将来に傷がつく。

女性と浮き名を流すことで彼の評判が護《まも》られるなら、それでもいいとさえ思うようになった。

だから、仕方がなかったのだ。

これは訪《おとず》れるべくして訪れた、当然の結末だったのだ。

「――えっ。デトロイトに出向？」

「ああ。新しく立ち上げるプロジェクトのサブリーダーとして、とりあえず三年間、向こうに行くことになった。それに…」

「それに…？」

「専務からこの機会に、娘との結婚も考えてみないかと言われてる」

相葉の淡々《たんたん》とした言葉に、百合野の眼前が真っ暗になった。

二十七歳という若さで、海外支店の重要なポストを任《まか》されるとなれば、それは大抜擢《だいばってき》に違いない。専務が将来有望な相葉に目をつけるのも当然だった。

「そろそろ俺たちも潮時だろう、瑛一」

嘆息交じりに言う相葉に、百合野は声を失う。

このまま自分と付き合い続けていくことは、相葉にとってマイナスにこそなれ、けしてプラスにはならない。

百合野は喉まで出かかった言葉を、ただ呑み込むことしかできなかった。

◆

夢を見ていた。

それが夢だとわかったのは、けして言えないと思っていた言葉を、自分が発していたからだ。

それも、遠ざかっていく恋人の背中に向かって、声を限《かぎ》りに。

『行かないで、先輩！　僕は別れたくなんてない。先輩とずっと一緒にいたいんです』

だが、恋人は振り返らない。

何度、彼の名前を呼んでも、その姿は霞《かすみ》がかかったような彼方《かなた》に消えていくだけで。

夢は唐突《とうとつ》にそこで覚めた。


「……あ…。…ここ…は…」

掠《かす》れ声《ごえ》が遠く耳に響く。

目の前に、見慣れない天井がぼんやりと映り、視界の端《はし》で何かが動いた。

「気がついたみたいだね。大丈夫かい？」

百合野は声が聞こえた方向に頭を向け、その目を大きく見開いた。

「あなた…は…」

「眞山だよ、覚えているかな。dolphinのカウンターで酒を飲んでいて、急に立ち上がった途端、倒れたんだよ、きみは」

見覚えのあるウエーブのかかった髪に、シルバーグレイの眼鏡のフレーム。

眞山はスーツの上着を脱いだベスト姿で、椅子から腰を浮かせ、ベッドに横たわる百合野を心配そうに上から覗き込んでいる。

その横には円《まる》いテーブルの上に伏せられた文庫本と、灰皿に吸いかけの煙草が一本。

眞山が昏倒《こんとう》した百合野に付き添ってくれていたことが見て取れた。

「すみません。こんな、ご迷惑《めいわく》をおかけして…あっ」

ここがどこかはわからないが、眞山に面倒をかけたことは確かだ。そう思って、慌てて起き上がろうとした百合野は、激しい目眩《めまい》に襲われて、再びベッドに沈んだ。

「無理に動かないほうがいい。わたしのことは気にしなくてもいいから、寝ていなさい。でないと、さっきみたいに、また気を失ってしまうよ」

そう言って眞山は立ち上がった。そして、ボトルに入ったミネラルウォーターを持って戻ってくると、百合野に手渡し、ゆっくり半身を起こさせる。

「dolphinにも休憩《きゅうけい》用の個室はあるんだが、体調が悪い時に使うのには、あまり適さないからね。すぐ側のホテルに部屋を取ったんだ」

喉を流れ落ちる冷たい水に、次第に百合野の意識がはっきりしてくる。

と同時に、百合野はここが眞山の言葉どおり、ホテルの一室だということを認識した。

「この部屋は休憩じゃなく、泊まりということで、もう支払いはすませてある。だから気兼ねなく、朝までゆっくり休んでいくといい」

「…そん…な…」

百合野は弱々しく首を横に振った。

「あなたに…そんなことまでしてもらうわけには…いきません」

今日、バーでたまたま出会っただけの人なのに――そう思いつつも、正直、立ち上がる元気もない身にとって、眞山の言葉はとてもありがたかった。

直前まで見ていた夢が、百合野を思いのほか打ちのめしていたからだ。

この一カ月半、必死で忘れようとしていた相葉との別離《べつり》の場面に、身も心も軋んで悲鳴を上げている。

「きみが目覚めたら、わたしはそのまま帰ろうと思っていたんだが……でも…」

眞山の手が百合野のほうへ差し伸べられ、さらりとした茶色い髪に触れる。

その感触に、百合野はピクリと肩を震わせた。

「そんな顔を見せられたら、とてもじゃないが、放ってはおけないな」

「眞山…さん」

自分が今、どんな顔をしているのかはわからない。だが、フレーム越しの黒い瞳は、何かとても痛々しいものを見るように細くすがめられていて。

「――行かないでほしいと…僕は別れたくないと、きみはそう言いたかったんだろう、直毅先輩という恋人に」

ドキンと心臓が大きく鳴った。

「…どう…して、それ…を」

思いもしない眞山の言葉に、情《なさ》けないほど声が震える。

「寝言でね。何度も繰り返していたよ。こちらの胸が痛くなるほど」

瞬間、百合野は息をつめ、唇を嚙《か》みしめた。

そうしていないと、急激に込み上げてくるものに負けてしまいそうだったから。

「……ったく、きみって人は…っ」

「あっ」

「どうしてそこまで我慢する必要があるんだ」

グイッと半《なか》ば強引に引き寄せられるようにして、抱き竦《すく》められる。

百合野の手から、ミネラルウォーターのボトルが滑り落ちて、床に転《ころ》がった。

眞山の胸は相葉を彷彿とさせるように広く、たくましく、温かかった。

だが、鼻孔《びこう》をくすぐるコロンの香りが、別人であることをはっきりと百合野に伝える。

「……っ。…ぅ…っ」

もう堪《こら》えきれなかった。

今までずっと我慢してきたものが、堰《せき》を切ったように涙と嗚咽《おえつ》になって溢《あふ》れてくる。

眞山はそれを黙って受け止め、百合野の背中をなだめるように撫《な》でていてくれた。

そして、ややあって静かに言う。

「……百合野くん。もしきみが望むなら、この腕を一晩だけ貸そうか」

意味がわからなかった。

百合野は涙で潤《うる》む目のまま、眞山を見上げ、そして次の言葉に硬直する。

「――わたしに抱かれてみないかと、言ってるんだ」

「…いい…え。…いいえ、できません、そんなこと」

頭を左右に振り、百合野はおののくようにして男の胸を強く押した。

だが、眞山の腕の力は、それよりもはるかに強く、百合野を再び抱きしめる。

「怖がることはない。癒しの眞山という名前は、伊達《だて》ではないつもりだよ」

「駄目ですっ…あっ…んんっ」

ベッドの上に押しつけられるようにして、唇を塞がれた。と思う間もなく歯列を割られて、舌を差し入れられる。あまりのことに狼狽して顔を背《そむ》けようとしたが、眞山に顎《あご》をつかまれて、それも叶《かな》わない。

「…ん…っ、ふっ……んぅっ…」

きつく吸われ、歯の裏の上顎を舌先でなぞられて、ざわっと肌が粟立《あわだ》つ。その隙《すき》に舌を搦《から》め捕《と》られ、唾液《だえき》ごと口腔《こうこう》をまさぐられると、下肢《かし》がズクンと疼《うず》くように熱を持った。

「やっ……やめてください…っ」

百合野はなけなしの力を振り絞《しぼ》って両手を突っ張り、眞山の躰を引き剝《は》がした。

信じられなかった。今日会ったばかりの見ず知らずの人間にキスをされただけで、どうして自分の躰がこんなふうに反応するのか。

相葉以外の男とどうこうなるなど、今まで考えたこともない。

なのに、どうして――

「人肌が恋しくなることは、別に罪でもなんでもない。ごく自然なことだよ」

百合野の気持ちを察したように、低く優しい声が響く。

「もしかしてきみは、相葉先輩という男の腕しか知らないのかな」

間近で尋ねられて、百合野はカッと赤くなった顔を逸らすこともできない。

「だったら、わたしを彼だと思っていい。きみには今、慰めが必要だ。傷ついた心にも、そして…躰にもね」

言いながら眞山は眼鏡を外《はず》して、それをテーブルの上に置いた。

そして、ゆっくりと百合野に向き直る。

眼鏡がなくなると、彫りの深さが際立って、眞山の顔に精悍さが増したように感じられた。しかもレンズを介《かい》さない分、向けられる視線はより熱く、百合野に注がれる。

「…あっ…や、あっ」

それに耐《た》えられず目をつぶった途端、眞山の手がシャツ越しに胸の突起に触れた。次いでプクリと勃《た》ち上がったそれを指先でつままれて、襲う疼痛《とうつう》に思わず躰が萎縮《いしゅく》する。

「そんなに緊張しないで…。ひどいことは何もしない。少しの間、わたしに何もかも預《あず》けて、きみはただ感じるままに感じればいいいんだ」

なだめるようなテノールに、百合野の躰から抗《あらが》う力が薄れていく。

本当は行きずりの男と、こんな関係を持つのはいけないことだと、わかっていた。

だがその一方で、行きずりだからこそ、いっそ溺《おぼ》れてしまえばいいと、そそのかす自分がいる。それで少しでも楽になれるのなら…いっとき相葉を忘れることができるのなら、もういいじゃないかと。

「ん、はあ、ぁ…っ」

シャツのボタンを外され、直《じか》に肌を撫でられながら乳首にキスをされると、ぞくぞくと背筋が震えた。そのままやんわりと甘咬《あまが》みされ、舌で執拗《しつよう》にねぶられる。

それだけでいつもとは違う、頭の芯を突き刺すような鋭い快感が、全身を突き抜ける。

その感覚にうろたえているうちに、眞山は百合野の衣服をすべて脱がせた。

「……敏感なんだね。まだ触れてもいないのに、もうこんなに硬くして」

揶揄交じりに言われて、百合野は耳の付け根まで赤くなった。

そして慌てて身を捩《よじ》り、はしたなく勃起しているものを隠そうとする。

「み、見ないで…ください」

相葉と別れたのは、一カ月半前。

それまでは三日にあげず抱き合っていたのだから、ささいな愛撫でも躰が反応してしまうのは仕方のないことだ。

でも、たとえそうでも、眞山に欲求不満だと思われるのは、いたたまれない。

「駄目だ。見せなさい。でないと、慰めてあげることもできないだろう」

「あっ」

だが、眞山はそれを許さず、百合野の躰を仰向けにさせると、そのまま膝を折って立てさせた。そして、百合野の膝頭に手をかけたまま、優しく命令する。

「このまま自分で足を開いてごらん」

「えっ…」

腕で覆《おお》っていた百合野の顔が、燃えるように熱くなった。

自ら足を開いて、自分の秘部を晒《さら》すなんて、そんなことできるはずがない。

今までは、相葉に主導権を預けたセックスしかしてこなかった百合野だ。

ベッドに組み敷かれ、愛撫されて挿入され達《い》かされるまで、すべてが相葉のペースで、自分から率先《そっせん》して動くことなど皆無《かいむ》だったといっていい。でも、そうされることこそが百合野の望みだったのだから、あえて自発的になる必要もなかったのだ。

「だったらせめて、ここの力を抜きなさい。わたしがリードしよう」

膝頭を撫でられ、促すように足を割られて、狭間《はざま》にスゥ…と空気が触れる。

その感触にすら肌がざわめき、股間に血が結集するのがわかった。

そのせいで緩んだ下肢を、眞山がさらに強く押すと、踵《かかと》がシーツの上を滑った。

「…あっ……や…あっ」

「そう…もっとだ。もっとリラックスして、わたしに躰を開いてみせるんだ」

言いながら眞山は、勢いに任せて百合野の両足を大きく割り開いた。

そして、その中心で揺れているものに手を差し伸べる。

「だ……駄目です、そんなっ…は、あぁっ」

勃ちきった分身を、ゆるりと撫でられて、百合野は大きく躰をのけ反《ぞ》らせた。

そのまま何度かリズミカルに扱《しご》かれると、痺《しび》れるような快感に目がくらむ。

「いい子だ。ここも…きみ自身も…素直で初々《ういうい》しくて、たまらなくそそられる」

「あっ、眞山さんっ…やめ…っ、ああ、んっ」

いきなりぬるりと口に含まれて、百合野は思わず眞山の髪をつかんだ。

だが、そんなことをしても、なんの足しにもならなかった。

舌先で先端の窪《くぼ》みを舐《な》め、括《くび》れを甘咬みされると、途端に腰が蕩《とろ》けるような愉悦《ゆえつ》が湧《わ》いてきて、百合野はただ喘《あえ》ぐことしかできなくなってしまう。

「…そうか…。きみはここが感じるんだね。ほら…舌先で突いてやると、こんなに先走りが溢れてくる」

「あっ…そんな…ことっ…言わな…ん、あぁっ」

眞山の口淫《こういん》はけして乱暴ではない。容赦《ようしゃ》なく追い上げられる相葉のそれとは違い、百合野の反応を見ながら、的確に優しく愛撫してくる。

百合野はセックスだけでなく、キスすら相葉以外とは交わしたことがない。

だから、こんなふうに感じる部分を探し出されて念入りに責められると、たちまち限界まで追い上げられてしまい、どうしていいのかわからなくなる。

「も…駄目…っ、放…して……放してくだ…さい…っ」

「駄目だ。このまま出しなさい」

上目遣《うわめづか》いに百合野を見上げ、言い放つと、眞山は淫靡《いんび》な舌遣いで再び屹立《きつりつ》を咥《くわ》え込む。

もうひとたまりもなかった。

「やっ…あ…っ、あ――っ…」

細く、掠れた声を上げて、百合野は全身を痙攣《けいれん》させた。

眞山の口の中に、ドクッと精液が放たれる。

相葉はこれを好まなかった。口淫をして百合野をいいだけ泣かせても、いつも吐精は挿入まで我慢させた。もちろん百合野も相葉と繋《つな》がって果てるほうが愛されていることを実感できるので、今まで不満を感じたことはない。

だから、荒い息をつき、うっすら見開いた目に映る光景が、すぐには信じられなくて。

「……濃いな。それにたくさん出したね」

眞山の口元で上下する指が、なぜだかぬらぬらと光沢《こうたく》を放っている。

それが、自分がたった今、放ったものだと気づいた瞬間、眞山の手が下方へスルリ…と落ちた。

「な…あ、何…っ、ああ！」

足を閉じる間もなく尻の狭間を撫でられ、総毛立つ百合野の躰が硬直する。

だが、襞《ひだ》を分け入り、後孔《こうこう》に突き入れられた指は、さほどの抵抗もなく、ずぶずぶと埋《う》め込まれていく。

信じられない。

精液を口で受け止めただけでなく、それをローション代わりに使う眞山が。

でも、何より信じられないのは、そんなことをされて、すんなり指を呑み込み、あまつさえ中を掻き混ぜられて、疼くような悦楽《えつらく》を感じてしまっている自分自身だ。

「やっ、あ…っ、はぁぁ…っ…」

「気持ちがいいんだね。こんなに腰を振って…。可愛いよ」

差し入れられる指が増やされ、再び兆《きざ》しを見せ始めた分身もゆっくりと扱かれる。

前に、後ろに、眞山の愛撫は脳髄《のうずい》を蕩かすほど甘く、だが容赦がない。

このまま続けられたら、いったい自分はどうなってしまうのだろう。

相葉以外の男に抱かれることなど考えもしなかったくせに、いざ抱かれてみたら、こんなにも淫《みだ》らに感じてしまうなんて。

こんな自分は知らない。知りたくない。

「嫌《いや》だ…っ…もう…、も…やめ…てっ…」

「どうして？　感じすぎて怖いのかな」

抗うように身悶《みもだ》える百合野に、眞山が含み笑いをしながら尋ねる。

「それとも、もう欲しくなった？」

再び聞かれて、色をなくすほど唇を噛むと、なぜだか急に愛撫の手が止まった。

「…百合野くん、大丈夫だから…。いくら声を上げても、乱れても、みんなわたしが受け止める。だから、安心して感じなさい」

ズルッと指が引き抜かれる感触に、躰が大きく震えた。

直後、両足をすくい上げられて、百合野はハッと目を見開く。

「――挿《い》れるよ」

「あっ…そんなっ…」

覆い被《かぶ》さってくる、眞山の引き締まった肉体。

尻の狭間に、ひたと押しあてられる硬い熱。

「ひっ…あっ、ああ…っ」

入り口の襞がぐぅ…っと押し開かれ、全身に冷たい汗が噴き出す。

だが、眞山は一気に躰を進めてこようとはしない。

怒張の先端を百合野の体内に埋め込んで、じわじわと馴染《なじ》ませるように進入してくる。

「ん、あっ…やあぁっ…」

「やっぱり、苦しい？」

シーツを握りしめ、身を捩りながらうなずく百合野を、眞山が気遣う。

「でも、困ったな。わたしのほうも、きみの熱さに目がくらみそうだ」

眉根を寄せ、眞山が自嘲ぎみに言う。

だったらいっそのこと、一思いに貫《つらぬ》いてほしかった。

挿入とは、本来そういうものだと、百合野は思っていた。そしてその衝撃《しょうげき》や痛みを受け入れ、じきにそれが快感に変わっていくことこそが、抱かれる至福なのだと。

だが、眞山は違う。

いい意味で自分本位だった相葉とは、決定的に抱き方が違う。

そのせいで百合野は今、自分を抱いているのは相葉ではないということを、改めて思い知らされていた。

「…眞…山…さんっ……眞山さ……もう…っ」

目の前の切ない事実に、涙と嗚咽が込み上げる。

「百合野くん……。いいんだね」

ぐっと躰を前に倒し、眞山が聞いてくる。

百合野は唇を噛みしめ、何度もうなずいた。

だがそれも、すぐに深く穿《うが》たれる衝撃に解《ほど》けてしまう。

「んっ…ああっ！」

ズンッと奥まで一気に突き入れられて、のけ反った百合野の頬に涙が散った。

それをキスでそっと吸い取り、眞山が囁《ささや》く。

「つらいなら、いくら呼んでもかまわないんだよ」

「………」

「――彼の名前を」

ズキッと胸に鋭い痛みが走った。

うっすら目を見開くと、眞山が気遣わしげな顔をしてこちらを見つめていた。

その優しげな瞳に、百合野は眞山にしがみつき、声を上げて泣きたい衝動に駆《か》られる。

「……いいえ。……いいえ。いいんです」

それを必死に堪えて、百合野は首を振った。

「無理しなくても…」

「無理はしてません。だから……続けて…ください」

もう忘れるのだ。

だから呼ばない。

けして、相葉の名前は。

なぜならこれは、彼を忘れるために、必要な儀式なのだから。

「百合野くん…きみは…っ」

そこまで言って、眞山は細く目をすがめ、百合野の躰をきつく抱きしめてきた。

そのせいで結合が深まり、百合野は思わず襲う苦痛に「うぅっ…」と低く呻《うめ》いた。

だが、その痛みごと受け入れるように、百合野は眞山の背中に手を回す。

それと同時に、眞山は抽挿《ちゅうそう》を開始した。

「あっ…あっ…ん、ぁあっ…」

揺さぶられ、しがみついた躰は、骨格も、体温も、肌の感触すら、覚えているものとは違った。

だが、荒々しく突き上げられることで得られる快感は、その何もかもを真っ白な記憶に塗り替えていくような気がする。

百合野はそれに縋《すが》るようにして、眞山の名を呼んだ。

「…眞…山さんっ…あっ…眞や…ま…さん…っ」

呼べば呼んだ分だけ、忘れられるような気がした。

だから、優しくなどしないでほしい。

もっと激しく、ひどくして、悦楽に酔《よ》わせてほしい。

そう願う百合野に応《こた》えるかのように、律動《りつどう》は次第に苛烈《かれつ》さを増していく。

「あっ…んっ…あっ、ああ――っ…」

けれど絶頂に達した直後に、その唇から無意識にこぼれたのは、眞山の名前ではなく。

「………直毅……先…輩……」

それは聞く者の心を締めつけるような、哀《かな》しい響きで。

だが、百合野の耳にはそれは聞こえず、ただ自分を抱き竦める熱い腕の感触を最後に、意識は遠く薄れていった。

◆

「百合野くん、例の報告書の進捗《しんちょく》状況はどうなってるの？　……百合野くん？」

突然、背後から声がして、百合野はハッとして顔を上げた。

そこには、環境技術開発課の課長・山下《やました》が立っていた。

山下は百合野の直属の上司で、おそらく三十五歳ぐらいであろうと思われる女性だが、かなりのやり手でこの春、係長から課長に昇進したばかりだ。

「……あっ、はい、課長。なんでしょう」

「だから、報告書よ、機能向上に関する報告書。作成進んでる？」

「はい。それでしたら、ここに…」

百合野はファイルに挟《はさ》まっていた書類を取り出すと、慌てて山下に差し出した。

途端に山下は「えっ」というような顔をして、胸の前で組んでいた腕を解き、受け取った書類に目をやる。

「何？　もう出来上がってたわけ？　ふーん………あら、コンパクトにまとまってるけど、わかりやすくてなかなかいい出来じゃない。さすが百合野くんね」

「ありがとうございます」

「でも、ちょっと最近ボーッとしてることが多いみたいだから、しっかりしてね。もうすぐ例の研究チームのスタートでしょう。気を入れて取りかかってくれないと。百合野くんには、部長ともども期待してるんだから」

「は、はい。すみません。気持ちを引き締めて頑張《がんば》ります」

「その意気その意気。頼んだわよ」

そう言って百合野の肩をポンと叩き、山下は上機嫌《じょうきげん》で自分の席に戻っていく。

黙っていれば、しとやかな美人に見えるのだが、ひとたび仕事のことになると、山下は並の男性社員では敵わないほどのバイタリティを発揮する。

もともとが細身で甘い顔立ち、その上、なるべくなら注目を浴びずに、ひっそりと生活したい百合野などは、はなから敵うはずがない。ただ、性格的に一つのことを突きつめて研究したり、分析《ぶんせき》して開発に生かす能力には長《た》けているので、山下も百合野が入社した時から目をかけてくれている。来週に控《ひか》えた新型ハイブリッド車の研究チームのメンバーにも、実は山下が一番に推薦《すいせん》してくれたのだ。

百合野が勤務しているのは、海外にも支店を持つ大手自動車メーカー・マツナミの開発部だ。一口に開発部といっても、その中には、技術開発や商品企画開発、デザインやリサイクルに関する課などが多数存在しており、百合野は環境技術開発課という部署に所属している。

要するに、新しく開発される車が環境に及《およ》ぼす影響《えいきょう》を調査して改善点を見つけ、さらなる技術開発に結びつけていく仕事だ。

年々ガソリンをはじめとする資源の枯渇《こかつ》は深刻化し、温暖化の問題もごく身近な危機として捉《とら》えられるようになったので、環境に優しいエコカーへの注目度はうなぎ上りだ。百合野の会社でもエコカーの主力ハイブリッド車の需要《じゅよう》は増すばかりである。

その中で来週から半年間の契約《けいやく》でK大学の環境学部と提携《ていけい》し、新型車の改善点を研究するチームが発足されることになった。百合野はそのメンバーとして参加するために、現在抱《かか》えている仕事を整理しつつ、事前に資料にも目を通しておかなくてはならない。

だが、仕事の整理は着々《ちゃくちゃく》と進むものの、資料読みにはどうしても気が入らない。

文章を読んでいるだけだと、すぐに思考が別のほうへ向いてしまうのだ。

それは二週間前の、あの夜の出来事で――

『行かないでほしいと…僕は別れたくないと、きみはそう言いたかったんだろう』

眞山という男にそう言われて落涙《らくるい》し、労るように抱かれたことで、百合野の疲弊していた心には、確実に小さな風穴《かざあな》が開いた。

もちろん今でも相葉のことを考えると胸は痛むし、気持ちは塞いでしまう。

用事があって、かつて相葉が所属していた営業推進《すいしん》部のフロアに足を運ばねばならない時などは、やりきれなさに身の縮む思いがする。

百合野は二人の関係が知れるのを恐《おそ》れて、社内での接触を極力避《さ》けていた。

だが、相葉はそれに関《かん》しては、まるで無頓着《むとんちゃく》だった。

『別に大学の先輩後輩として話をするぐらい、どうってことはないだろう。おまえは気にしすぎなんだよ、瑛一』

そう言って、笑顔で声をかけてきた廊下、「今夜いいか」と耳打ちしてきたエレベーターホールなど、相葉との思い出が染みついた場所を通るたび、百合野は震えないよう唇を噛みしめていた。

それでも最近はふと気づくと、思い浮かべているのが相葉の面影ではないことがある。

『百合野くん。もしきみが望むなら、この腕を一晩だけ貸そうか』

鼓膜《こまく》を震わせるテノール。

『人肌が恋しくなることは、別に罪でもなんでもない。ごく自然なことだよ』

柔和《にゅうわ》で優しげな微笑み。

『きみには今、慰めが必要だ。傷ついた心にも、そして…躰にもね』

外された眼鏡の下から現れた黒い瞳は、ゆっくりと近づいてくるにつれて情熱的な眼差しに変わり、唇が重なって…――

正直、あの後の出来事は、断片的にしか覚えていない。

目が覚めたら朝で、眞山の姿はなく、百合野は一人でホテルを後にしたのだ。

ただ、これだけははっきりと覚えている。それは眞山と相葉は姿かたちも言動も、そして抱き方もまるで違う、真逆な男だったということだ。

「百合野。携帯鳴ってるんじゃないのか？」

聞こえてきた声に、百合野は再びハッとして顔を上げた。

隣の席の同僚《どうりょう》が、百合野の机の端に置かれた携帯電話を指さしている。

見ればマナーモードにしている携帯は、着信ランプが点灯し、ブルブルと震えている。

「あっ…ああ。ごめん。ありがとう」

百合野は急いでうなずくと、携帯に手を伸ばした。

だが、着信は電話ではなくメールで、「今夜、dolphinに来ない？」という折原からの誘いだった。

百合野は少しの間躊躇《ちゅうちょ》すると、「仕事だから行けない。ごめん」と返信をした。

そして、携帯を閉じ、深く嘆息する。

今までは少しでも気を抜くと、ほとんど相葉のことばかりを考えていた。

だが最近では、眞山のことを思い出す機会が確実に増えている。

それは百合野にとって、けして悪い変化ではない。

少なくとも、眞山のことを思い出して、気持ちが塞いだり、胸が苦しくなったりはしないからだ。

実はそんな百合野の変化に、折原はいち早く気づいていた。

折原はあの後、dolphinのマスターから、倒れた百合野が眞山に付き添われて店を後にしたことを聞かされ、心配して連絡をしてきたらしい。

そして先週会った時に、ズバリと聞かれたのだ。

「――で？　結局、百合野はそのままホテルで、眞山さんに抱かれちゃったわけ？」

元来《がんらい》が嘘のつけない百合野である。

赤面し、うつむいてしまっただけで、答えは知れたようなものだ。

そんな百合野に、折原は親が子供を見るような目で、微笑む。

「やだなぁ、そんな顔するなってば。なんかオレまで照《て》れて、顔が熱くなっちゃうよ。だいたい眞山さんに慰めてもらいなよ、って勧めたのはオレなんだし、百合野も合意の上でそうなったんなら、かえってよかったな〜って思うよ」

「………」

「まさか、無理やりされちゃった…とか？」

「そんな。……無理やりだなんて、そんなことはないよ」

「だったら、よかったじゃん。優しかったでしょ、眞山さん？」

にこっと笑って言われて、百合野は再び赤くなる。

その胸が、なぜだかチクリと痛んだ。

「あ…。ちなみにオレは、眞山さんと寝たことはないよ。でも、噂《うわさ》ではそう聞くからさ。何せ『癒しの眞山』って呼ばれてるぐらいだからね」

折原の言葉に、胸の痛みがさらに増幅する。

それが百合野の顔に、影を落としたのだろう。折原は「ふぅ～ん…」と腕を組んで百合野を凝視《ぎょうし》した後、おもむろに身を乗り出した。

「――もしかして百合野……眞山さんに惚《ほ》れちゃった？」

「そ、そんなこと…っ」

百合野は弾かれたように首を横に振った。

だが、折原はさらに顔を近づけ、追及《ついきゅう》を緩めない。

「でも、気にはなってるんでしょ。顔に、はっきりそう書いてあるよ」

「違うよ。……違う」

「だったら、もう一度、会ってみれば？　そしたら違うかどうか、わかるんじゃない」

百合野は再び強く首を振った。

できるわけがない。

眞山とは一夜限りの約束で、ただ慰めてもらっただけなのだ。

朝、目覚めて、すでに眞山が姿を消していたことからも、それは明らかだ。

「dolphinのマスターに頼んでおけば、眞山さんと連絡を取るのは、そんなに難しく…」

「いいんだ。そんなに無理をしてまで、会いたいとは思わないから」

「どうしてさ。せっかくいいなって思える相手に出会えたのに、もったいないだろ」

「約束したんだ。眞山さんとは、一晩限りだって。……だから」

頑《かたく》なに拒否する百合野に、折原はややあって肩で息をつく。

「わかったわかった。…ったく、百合野は変なところで真面目《まじめ》だよなぁ。仕方ない。だったらオレも眞山さんを見習って、無理強《むりじ》いはしないよ」

「ごめん…折原。せっかく心配してくれてるのに」

だが、そう言ったものの、世話好きな折原がそれで引き下がるはずがない。きっと無理強いはしないが、偶然ならいいだろうとばかりに、百合野をdolphinに連れ出して再会の機会をつくるつもりなのだ。

確かに眞山のことが気にならないと言えば嘘になる。

だが彼は、行きづまっていた心に、少しでも変化をもたらしてくれた人物――それだけで充分だと、百合野は思っていた。

百合野はいつの間にか握りしめていた携帯を机に置くと、手元のファイルを引き寄せ、新型車研究チームの資料に目を落とした。

「初めまして。このたび大学側のチーム顧問《こもん》を務めさせていただきます、環境学部教授の眞山薫です」

そう言って、机を挟んだ向こう側で低頭《ていとう》する男に、百合野は息を呑んだ。

それは誰あろう、あの眞山その人だったからだ。

◆

新型車研究チームのメンバー七名と、提携大学メンバー五名の初顔合わせの場面での出来事だった。

「初めまして。環境技術開発課課長で、今回の研究チームの責任者となります山下広実《ひろみ》です。このたびは教授自《みずか》らご参加いただけることになり、大変光栄です。私たち研究チームもなおいっそう気持ちが引き締まります。どうぞよろしくお願い致《いた》します」

山下が丁重《ていちょう》に挨拶をする中、他《た》のメンバーも次々簡単な自己紹介を口にする。

もちろん百合野にも順番は回ってきたが、正直何をどう言葉にしたのか、あまり記憶にない。

ただ「百合野瑛一です」と名前を口にした時、眞山が嬉《うれ》しそうに目を細めてこちらを見つめてきたのには、思わずドキンと心臓が高鳴った。

「でも、教授とお聞きしていたので、てっきりもっとお年を召《め》した方かと思っていました。なのに、わたしよりお若く、こんな素敵な方だとは…驚きです」

　一通り挨拶もすんで、今後のスケジュールを確認した後、山下が場の雰囲気を和らげるように言った。その横で、今回のチームリーダーである吉住《よしずみ》係長が、ふくよかな顔を山下に向け、「えっ」と目を丸くする。

「課長って、眞山教授と同い年なんじゃないんですか。教授は確か、三十五歳だとお聞きしていますが…」

　途端に、山下が口にゲンコツを当て、大きな咳払《せきばら》いをする。

「あのね…吉住くん。女性に年齢の話はタブーでしょう」

「でも、先に話題を振ったのは課長のほうじゃありませんか」

　そのやり取りに、双方のメンバーから笑い声が洩《も》れる。

「いやいや、わたしも年の話は苦手ですよ。教授ってことで、それ相応の落ち着きとか貫《かん》禄《ろく》が必要かなと思い、常日頃《つねひごろ》から心がけていたら、いつの間にか実年齢よりも老《ふ》けて見られるようになってしまって…。まったく、困りものです」

　今度は眞山が眼鏡のフレームを指で押し上げながら言うと、笑い声はさらに大きくなった。

「でも、実はわたしも山下さんと同じく、今、非常に驚いているんですよ」

その言葉に、百合野は再びドキンと胸を高鳴らせ、そして少し不安になった。

眞山がこの後、何を言い出すのか――それを考えたからだ。

だが、眞山の口から出たのは、百合野が懸念《けねん》したような言葉ではなく。

「まさかこちらの課長さんが、こんなに美《うつく》しい女性だとは思ってもみませんでしたからね。研究チームのメンバーのお名前を拝見《はいけん》した時は、てっきり男性かと思っておりました。広実さんというのは、男でも普通にあるお名前ですし」

百合野は心の中でホッと安堵の息をついた。

と同時に、眞山がこの劇的な再会をどう思っているのか、無性に知りたくなる。

「まぁ…お世辞でもそう言っていただけると嬉しいですわ。うちの社員たちは、もう誰もそんなこと言ってはくれませんからね」

「いや、課長、僕は言えと言われれば、いくらでも言いますよ。それでボーナスの査定を上げてもらえるなら」

「これですものね。ロマンのかけらもありません」

「課長。それを言うなら、ロマンスじゃないですか」

まるで掛け合い漫才《まんざい》のような山下と吉住の会話に、一同は笑いの渦《うず》に包《つつ》まれ、顔合わせは打ち解けた雰囲気の中、終了した。

信じられなかった。

ドラマのようなこんな偶然が、自分の身の上に起こるなんて。

それだけに百合野は、この再会に運命的なものを感じていた。

顔合わせの後、その夜は百合野の会社の主催で、懇親会《こんしんかい》が催《もよお》された。

その後、二次会、三次会と場が移され、お開きになった際、百合野は眞山と帰る方向が同じだという理由をつけて、皆《みな》と別れた。

二次会の後、眞山にホテルのバーで少し話をしようと耳打ちされていたからだ。

ホテルは三週間前に泊まったような所ではなく、都内でも有数の高層ホテルだ。

そこの最上階から夜景を眺《なが》めつつ、眞山と向き合うようにテーブルに着くと、百合野の鼓動は否応なく速まった。それは眞山が煙草に火を点《つ》け、煙《けむり》越しにこちらを見つめてくると、さらに強くなる。

「誘ったりして、迷惑じゃなかったかな」

「いいえ。そんな…。迷惑だなんて思ってません。……ただ…」

「ただ？」

「あまりにも驚いて、まだ頭がついてこないんです。こんな偶然って、本当にあるものなんだな…って。それに、眞山さんが大学教授だったことにも、びっくりしました」

そう言って百合野はテーブルの上で組んだ自分の手に、視線を落とす。

眞山の熱っぽい眼差しを、まともに受け止めていると、おかしな勘違《かんちが》いをしてしまいそうになるからだ。

先刻の酒席で、眞山はしきりに酒を勧められ、杯を重ねていた。たぶんそのせいで、目が酒気に潤んでいるだけだろうに。

「いや、わたしも驚いたよ。チームのメンバーリストに、きみの名前を見つけた時は」

「だったら、眞山さんは事前に知ってたんですか。僕がメンバーだっていうことを」

ちらりと視線を上げると、眞山は「ああ」とうなずき、微笑んだ。

「僕は今日まで知りませんでした。環境学部の教授が顧問を務めることになったという話は聞いていましたが、こちらのリストには眞山さんの名前は載《の》っていなかったですし」

「急に決まった話だからね。記載する暇がなかったんだろう」

そう言って眞山が紫煙《しえん》を吐き出すと同時に、ウェイターがカクテルを運んできた。

スプリッツアーという白ワインをベースにした、アルコール度数の低いカクテルだ。

百合野があまり酒に強くないことを考慮《こうりょ》して、眞山が選んでくれたものだ。

そんな気遣いも、実に紳士な眞山らしい。

百合野は細長いシャンパングラスの中で弾ける気泡《きほう》を見つめながら、ふと疑問に思ったことを口にした。

「…でも、眞山さん…？　眞山さんは、メンバーリストに僕の名前を見つけた時、同姓同名だとは思わなかったんですか？　確か僕の勤め先は、ご存じなかったですよね」

「…同姓同名ね…」

眞山はそう呟《つぶや》くと、フーッと煙を吐いて、煙草を灰皿に押しつけた。

「いや、思わなかったよ。実はあの夜、きみを介抱《かいほう》している時に、スーツのポケットから落ちた名刺入れの中を見て、きみがマツナミの社員だということは知っていたからね」

「えっ」

「だから今日、わたしときみが再会したのは、偶然でもなんでもない。マツナミがうちの大学の環境学部と提携して研究チームを発足したことは、偶然だったけれどね」

そう言って微笑む眞山の顔を、百合野は呆然《ぼうぜん》として見つめる。

わけがわからなかった。

「だったら……偶然じゃないなら、どうして…」

「わたしが教授の権限を行使して、無理やりメンバーの一員になったんだ。急に決まった話だと、さっきも言ったろう」

「無理やりって…なぜ、そんな…」

眞山がフッ…と口端を上げて笑った。

「――もちろん、きみとのあの熱い一夜が、忘れられなかったからだよ」

あの熱い一夜――淫靡なその響きに、ドキンと心臓が思いがけないほど大きく鳴った。

だが、それはときめきとは違う、脅《おび》えや恐れに近い鼓動で。

「でも。……でも、あの時、眞山さんは…一晩限りだと…」

「ああ。確かにあの時は、そのほうがお互《たが》いのためにいいだろうと思っていたよ。実際、今までも慰め役を務める時には、そうしてきたからね。でも、今回は違った。わたしは、百合野くん……きみのことが、どうしても忘れられなかったんだ」

レンズ越しに注がれる熱い視線に、全身がゾクッと粟立つ。

「……それ…は…」

声が掠れた。

「僕の躰が…忘れられなかった…だから裏で画策《かくさく》した……そういうことですか」

聞いた途端、眞山の目が、何かを値踏みするように細くすがめられた。

「……そうだと言ったら、きみはどうする？」

スゥ…ッと血の気が引いた。

折原も言ったように、百合野《じぶん》は眞山が忘れられなかった。

そして、眞山も同じ気持ちでいてくれた。

そんな二人の気持ちが、この運命的な再会をもたらしたのだと、喜びと感動でいっぱいだった百合野の心が急速に凍りついていく。

「眞山さん……。あなたは、いったい僕を…どうしたいんですか」

「きみも大人だ。それぐらい言わなくてもわかるだろう」

眞山が意味深に目を細めた。

途端に百合野はビクッと躰を硬直させる。

テーブルの下で、脛《すね》をなぞるように、眞山が足を伸ばしてきたからだ。

「……もし、僕が……それを嫌だと言ったら？」

「君に嫌《きら》われるのは、つらいな。もしそうなら、わたしはチームから外させてもらおう」

肩を竦めてそう答える眞山に、百合野は目を閉じた。

もし眞山が今の段階で研究チームから抜けたら、会社にとっては大きな損失になるに違いない。それに、今になってどうしてだと、原因を追究《ついきゅう》されるのは必至だ。

でも、このまま眞山の要求を呑めば、百合野は相葉の時よりも、はるかに大きな不安を抱え込むことになるだろう。なぜなら半年間とはいえ、眞山とは他部署ではなく、毎日のように同じフロアで顔を突き合わせて仕事をしなければならないからだ。

百合野はしばし逡巡《しゅんじゅん》したのち、一つ大きく息をつくと、閉じていた目を開いた。

「わかりました。お受けします」

抑揚《よくよう》のない声で答える百合野に、眞山がにこやかにうなずく。

「だったら、さっそく階下《した》に部屋を取ろう。かまわないね？」

「……それが、眞山さんの望みなら」
脳裏に相葉の姿が浮かんだ。
二人の関係が、いつか職場の人々にバレるのではないか——そう不安がる百合野にお
かまいなしに、社内でくったくなく笑いかけてくる相葉の面影が。
「嬉しいよ、百合野くん。じゃあ、わたしたちの再会を祝って、乾杯をしよう」
そんな気には到底なれなかった。
だが眞山は笑顔でシャンパングラスを手に取る。
その顔と、相葉の笑顔とが、だぶって見えた。
「乾杯」
そう言って眞山はテーブルの上に置かれたままの百合野のグラスに、自分のそれを触れ
合わせてくる。
リン…と涼やかな音が鳴った。
その響きは、百合野に三週間前のあの夜の乾杯を思い出させる。
あの時は百合野も眞山も傷心の日々を送っていて、自分たちの未来に乾杯したのだ。
その先に、こんな未来が待っているとも知らずに。
凝視するグラスの中で、カクテルの気泡がパチパチと弾けて消えた。

◆

「現在、当社で開発を進めている新世代ハイブリッド車は、CO_2の量を従来型の二分の一、排気ガスの量を十分の一に抑《おさ》えることを目標としています」

十二名のメンバーが使用するには大きすぎる会議室に、山下課長の声が響く。

それは今回研究開発の対象になる、ハイブリッド車本体が、部屋に運び込まれているせいだ。

「その実現には工業的な技術の向上も欠かせませんが、今回は環境的見地から、専門家の皆さんに忌憚《きたん》のないご意見や、斬新《ざんしん》なアイディアを賜《たまわ》り、研究開発に繋げていきたく、このプロジェクトに参加していただきました。どうぞよろしくお願い致します」

挨拶を終え、山下が椅子に座ると同時に、今度は百合野が立ち上がった。

そして車の前を横切り、プロジェクタースクリーンの横で立ち止まって一礼する。

「では始めさせていただきます。説明の途中でも、ご意見ご質問はご自由にどうぞ。それではまず、こちらの画像をご覧《らん》下さい。皆さんもすでにご承知《しょうち》かとは思いますが、ハイブリッド車はガソリン車の低速走行時の燃費の悪さを電動モーターで肩代わりし、燃費のいい高速走行時にはガソリン走行に切り替えるという、二段構えの発想で開発されました」

百合野はなるべく前方に目を向けないよう、スクリーンに映し出される映像を指し示しながら言葉を続ける。

それはもちろん、最前列に眞山の姿があるからだ。

「ただこの車には、排気ガスが少なく、燃費がよく、低騒音というメリットはありますが、反面、エンジンのほかにモーターやバッテリーなど、さまざまな部品を搭載《とうさい》させるため、どうしてもコストが高くつき、また車体も重くなるので、逆にその分の排気ガスが増えてしまうというデメリットがあります。ですが、この問題点は現在、車体の軽量化が急速に進んでいますので、改善の方向に向かっていています」

「はい」

「どうぞ。村松《むらまつ》さん」

手を挙げた村松はK大学の院生で、工学部卒業後、環境学部に入り直したという、ある意味変わった経歴の持ち主だ。聞いた話では、眞山も注目している学生らしい。

「軽量化の具体策を教えてください」

「はい。一つ目は、ボディに薄型の鋼板《こうはん》やアルミ製のものを採用したこと。二つ目に、リアウインドウのガラスを薄型にしたこと。これだけで一般のエンジン車と比べて一・二倍の総重量に抑えることができます。三つ目はタイヤです。タイヤは幅を小さく、直径を大きくしてバランスを取り、軽量化を図《はか》りました」

「でも、そうやって軽量化するための、さまざまな製造工程でも、CO_2は多量に排出されてますよね。このグラフを見ると、ガソリン車の製造時よりも、二割から三割も多くなってますが」

「そのとおりです」

「だったら、いくら軽量化を進めて、走行時の燃費をよくしても、あまり意味はないんじゃないですか？　実際、今ちょっと計算してみたら、だいたい二万キロ走らないと、プラマイゼロにはなりませんよ」

村松はペンの先で電卓を叩きながら、百合野を見つめてくる。

初《しょ》っぱなから手厳《てきび》しい指摘《してき》だった。だが、こういう歯に衣《きぬ》を着せない意見こそが、このプロジェクトの求めるところなのだ。課長の山下やリーダーの吉住をはじめとするメンバーたちも、さっそく目を輝かせている。

百合野は気持ちを引き締め、資料を手にしながら、口を開く。

その姿を、眞山が熱心に見つめているのが目の端に感じられた。

それが百合野の心に、不安のさざ波を立てる。

三日前のあの夜——百合野は眞山に抱かれた。

だが、百合野を脅《おど》して関係を持ったにしては、眞山の抱き方は以前と同じように優しかった。

『この間は、してあげられなかったからね。心残りだったんだよ』

そう言いながら、相葉にすらされたことのないような愛撫までされ、充分すぎるほど慣らされてから繋がり、あげく深い絶頂感まで味わわされた。

でも、それがなんだというのだろう。結局眞山は、気まぐれに抱いた百合野の躰が忘れられず、画策までしてそれを手に入れようとしただけの男だったのだ。

——最悪だ…。

しかも懸念したとおり、眞山は相葉とは比較《ひかく》にならないほど、社内で百合野への好意をあからさまにしてくる。

『困ります。眞山さん』

『わたしは別に公私混同をしてるつもりはないよ。仕事はきっちりさせてもらってる』

言葉ではなんとでも言える。

現に今、眼鏡越しの黒い瞳は、こちらにばかり向けられているではないか。

「……でも、いくらコストがかさむといっても、電池の低価格化と、長期利用開発は急ぐべきなんじゃないですか」

「そうそう。これだと、メンテナンス時期の電池交換料は馬鹿高《ばかたか》いものになりますよね。それに新車じゃなく、中古でハイブリッド車を買う客は、車体価格以外にも電池だけで何十万もかかると聞かされたら、それだけで二の足を踏むと思いますよ」

「確かに、そういう点もおいおい改善していかなければならない課題かと思います」

「でも結局、限られた資源の有効活用とか、温暖化防止とかいっても、企業としては採算の合わない商品や開発はできない…ってのが本音なんでしょう」

「……まぁ、そう言われると、そうですとしか答えようがないんですが…」

気がつけば予定の時間を大幅にオーバーして、いつの間にかチーム全員で激論を交わし、マツナミの企業体質にまで話が及んでいた。

いや、一人だけ、ずっと沈黙を守っていた男がいる。

その男が「一つ、いいでしょうか」と静かに手を挙げた。

「あ。どうぞどうぞ、眞山教授」

チームリーダーである吉住がこれ幸《さいわ》いというようにうなずくと、眞山は立ち上がり、眼鏡のフレームのブリッジを指で押し上げてから、言葉を続けた。

「皆さん、少し着眼点を変えてみませんか」

「といいますと…」

「皆さんご承知のとおり、そう遠くない将来、ガソリンは必《かなら》ず枯渇します。そして、そういう時代が来ると、今もてはやされているハイブリッド車も、当然使えなくなる。マツナミさんをはじめ自動車メーカー各社は、そこを見据《みす》えて、これからの自動車産業を考えていかなくてはならないのではないですか」

眞山の言葉に、百合野は目を見開いた。

見れば、他のメンバーも皆、意表を突かれた顔をしている。

「…いえ、それは我々マツナミの社員たちも、常日頃から念頭に置いてですね…」

「でしたら、ハイブリッド車の機能向上以上に、ガソリンを使用しないエコカーの開発にも、力を注ぐべきだとわたしは考えます」

「というと…電気自動車や天然ガス自動車、燃料電池自動車などのことですか？」

尋ねる吉住に、眞山はうなずく。

「そうです。特に燃料電池車は、水素と酸素の化学反応により発生する電気でモーターを動かし、排出されるのは水だけという、環境にも優しい画期《かっき》的な抵抗害車でしょう」

「ええ。確かにそうですが、燃料電池車の開発には膨大《ぼうだい》なコストがかかります。なので、まずはその前に、世間の目をハイブリッド車に向けて、売上を上げるべきかと…」

「――売上は、黙っていても上がりますよ。特に、アメリカでね」

あっさり言ってのける眞山に、周囲がざわめく。

「アメリカでって、眞山教授…。何を根拠《こんきょ》にそんなことを…。確かに現在マツナミでは、デトロイトに販売強化チームを置いていますが」

百合野はハッと息をつめた。

それは、相葉が参加しているプロジェクトチームのことだったからだ。

「根拠なら、はっきりしています。ご存じのとおり、アメリカの石油のほぼ七〇％は、車で消費されています。そして、その半分を中東からの輸入に頼《たよ》っている。しかも、アメリカ人がこぞって乗ってきたアメ車と呼ばれる燃費が最悪の大型車は、それだけで石油の輸入量を増大させ、莫大《ばくだい》な金を中東に落としてきた。そして、その金は巡《めぐ》り巡って、諸国に潜伏《せんぷく》しているテロ組織にも流れていったのです」

「テロ組織？」

ギョッとする一同に、眞山は平然と言葉を続ける。

「でも、例のテロ以降、アメリカ人は自分たちが自国の車を買うことで、憎むべきテロ組織を強化してしまうという図式を理解し始めたのです。だからこそ今、ゼネラルモーターズを代表するアメリカの自動車業界は急速に冷え込んできているのでしょう。ですから低迷している景気さえ回復してくれれば、日本のハイブリッド車は当然のように注目され、売上は確実に上がると申し上げているのです」

柔和な笑みを浮かべつつ、眞山はきっぱり言ってのける。

途端に会議室の中が騒然となった。眞山の思いがけない言葉に、メンバーたちがあちこちで口早に意見を取り交わす。百合野も呆然として眞山を見つめた。

その視線に気づいたのだろう。眞山はこちらに向かって、にっこりと笑ってみせた。

ドキンと心臓が鳴った。

「有意義なご意見、ありがとうございました。眞山教授」

山下がスッと立ち上がり、低頭する。

「正直、今のお言葉はわたしたち自動車メーカーの者としては耳が痛かったです。でも、利益ばかりを追求している場合ではないということを、改めて思い知らされました」

「そう言っていただけると、苦言《くげん》を呈《てい》した甲斐があります。近年は地球的危機が加速度的に進んでいます。何事も着手は早いほうがいい」

それは環境学を専門に研究している眞山だからこその、重みのある言葉だった。

「そうですね。最近になってエコカー全般が急激に注目されるようになり、自動車メーカー各社が先を争うように新車を発表してきました。でも、開発を急ぐあまり、視野が狭《せま》くなっていたかもしれません。今後は既存《きぞん》の研究改良と並行して、教授のおっしゃる、次の時代を見据えた新型車の開発にも力を注ぐべきだと強く感じました。貴重なご意見、大変参考になりました。ありがとうございます」

少し興奮ぎみに山下が言うと、メンバーたちも皆同意するようにうなずいた。

会議はちょうどそこで正午を迎え、終了となった。

「百合野くん。今日の昼飯はどこへ連れていってくれるのかな」

会議室を出たところで肩を叩かれ、百合野はギクリとして躰を硬くした。

だが、眞山はそれを気にも留《と》めず、百合野の背中を押しながら、連れ立って廊下に足を進めてくる。

「昨日は和食だったからね、今日はフレンチかイタリアンでもいいね」

「眞山さん…お願いです。こういうのは、やめてください」

百合野は小声で眞山に抗議した。まだ周囲には社員も大学側の人間もいるのに、こんなふうに親しげな態度を取っていたら、皆に変に思われてしまうと。

「おや、今日も眞山先生は百合野と一緒にお昼ですか？　すっかりお気に入りですね」

その心配が的中したかのように、背後から吉住の声が聞こえた。

しかも、山下までもが意味深なことを言ってくる。

「それは当然でしょう。眞山先生にしてみれば、百合野くんは気になる男の子ですもの」

百合野は思わず震えそうになる手をギュッと握りしめ、背後を振り返った。

だが、吉住と山下はにこやかな笑みを浮かべている。

「確かに年齢が十も離れていれば、百合野は覚えてないかもしれないけど、つきまとわれていた先生は中学生ですもんねぇ」

「そうそう。その時遊んであげていた子が、こんな大人になってたんだと思うと、やっぱり感慨深《かんがいぶか》いでしょうし、とても懐《なつ》かしいでしょう？」

わけがわからなかった。

二人がなんの話をしているのか、そして隣で「そうなんですよ」とうなずいている眞山の言うことも。

「わたしのほうは懐かしくてならないんですが、百合野くんはさっぱり思い出してくれなくて…。なので、今日も旧交《きゅうこう》を温めようと思っているところです」

「ダメよ〜、百合野くん。ちゃんと思い出してあげなくっちゃ。眞山先生が可哀想《かわいそう》じゃない？」

「こんな偶然、なかなかあるもんじゃないしなぁ。ガキの頃の思い出なんて、恥ずかしいものばっかりだとは思うけど、せいぜい頑張って思い出せよ」

山下と吉住の言葉に、百合野は「はい…わかりました」と話を合わせて答えるのが精いっぱいだった。

眞山と百合野が足を運んだのは、テラスで食事が取れるイタリアンレストランだった。

男同士で、しかも平日、白昼堂々とこんなところで食事をするのは、初めてのことだ。

相葉と会う時は、ほとんどが平日の夜か休日で、食事も個室のように区切られたタイプの店を選ぶことが多かった。

だが、今はそんなことよりも、気がかりなのは先刻の会社での会話だ。

「いったい、どういうことなんですか。説明してください」

席に着き、料理を注文した後、百合野は厳しい顔つきで眞山に詰問《きつもん》した。

「別に。そんなにいきり立つようなことじゃない」

だが、眞山はグラスの水を一口飲むと、なんでもないことのようにサラリと答える。

「二十年ほど前、わたしの家ときみの家とが近所で、当時子供だったきみには、よく懐かれていたと話しただけだ。今回、偶然再会して、ひどく驚いた…ってね」

「そんな…」

「だって、そのほうが自然だろう。わたしがきみと、親しくしていても」

「だからって、わざわざそんな作り話をでっち上げる必要は…」

「言っただろう、百合野くん。わたしはきみが忘れられなくてここまで来たんだ。だから、きみと親密になれるチャンスがあるなら、どんなことでもするつもりだよ」

レンズ越しの眞山の目が、まっすぐにこちらに向けられる。

眩《まぶ》しいほど日の当たる場所で、誰が聞いているともわからないのに、こんなことを言う眞山が信じられない。

だが、百合野は目を逸らさなかった。いくら会社にとって貴重な人材であっても、卑劣《ひれつ》な手段で相手の弱味につけ込んでくるような男には、負けたくなかった。

「――いい目をしている」

眞山が目を細め、嬉しそうに言った。

「そうやって真っ向から、わたしをにらみつけられるだけのものを持っているのに、どうしてきみはそんなに臆病《おくびょう》なんだろう」

「なっ…」

「どうやらきみは、ひどく世間体《せけんてい》を気にするタイプらしいね。周りの人間に、少しでも怪しまれることのないよう、常に気を配っているように見える」

「それは、社会人として当然のことでしょう」

きっぱり言い切る百合野に、眞山は意外にも否定はしなかった。

「ああ、確かにそうだ。でも、必要以上に過敏《かびん》になると、かえって注目を浴びるよ」

その言葉に、百合野はハッと息をつめる。

それはかつて相葉にも、さんざん言われた言葉だったからだ。

「もしかして……相葉くんの時も、きみはそんなふうだったのかな」

いきなりグサッと痛いところを突かれて、胸が軋んだ。

それを振り払うように、百合野は声を荒げる。

「あなたには関係のないことですっ」

眞山の目が大きく見開かれ、そして後悔に滲んだ。

「…ああ。今のは失言だった。すまない。社内でのきみの姿を見ていたら、ちょっと嫉妬《しっと》心《しん》に駆られてね…」

目を伏せ、自嘲するように言う眞山に、百合野の心が揺らぐ。嫉妬心などと殊勝《しゅしょう》なことを言われると、躰だけが目当てではなかったのかと、怒りが半減しそうになった。

だが、それも一瞬で吹き飛ぶ。

「じゃあ、わたしに関係のある話をしよう」

「…え?」

「今夜、この間のホテルで、旧交を温め合いたい。……いいね?」

シルバーフレームの中の黒い瞳が、昼間にはそぐわない淫逸《いんいつ》な光を湛《たた》えて、百合野を見つめていた。

◆

「…ったく。わたしは、なんという最低な男なんだろうな…」

眞山はそう独りごちて、吸っていた煙草をギュッと灰皿に押しつける。

たとえどんなことを要求しても、百合野は拒むことができない――そうと知っていて肉体関係を強要するなんて、卑劣極まりない。

今まで三十五年間生きてきて、これほど自身の低俗《ていぞく》さにあきれ返ったのは初めてだ。

だが、いくら自身を罵倒《ばとう》しても、百合野を愛《いと》しいと思う気持ちは止められない。

学生時代から一人の男をずっと愛し続けてきたという一途《いちず》さや健気《けなげ》さは、割り切りのいい関係ばかりを持ってきた自分の目には、あまりにも眩しく映った。

だから強く惹かれたのかもしれない。

と同時に、深く傷つき、血を流している心を、優しく抱きしめて癒してやりたいと思った。

それもできるなら、一夜限りなどではなく、ずっと側にいて。

そんな純粋《じゅんすい》な気持ちが、どこでどう間違えてこうなってしまったのか――

「やめ…て……ください…あっ…」

シーツに顔を擦《こす》りつけ、訴《うった》える百合野の声を聞きながら、眞山はさらに尻の肉を手で割り開いて、その狭間に舌を這わせた。

すると高く掲げられた百合野の腰がビクリと跳ねる。左右に開かれた両足は、今にもくずおれそうなほどガクガクと震えて、勃起したものがその間で淫らに首を振っていた。

それは百合野が感じている恥辱《ちじょく》と快感を、眞山の目にあますところなく伝える。

「どうして？　やめる必要なんてないだろう。ここを舐めているだけなのに、また前を勃たせて…。感じている証拠じゃないか」

揶揄するように言うと、百合野は喉の奥をクッと慣らして、シーツを握りしめた。

すでに百合野は一度、眞山の口の中で果てている。

その後、前回のように四つ這いにさせて、後ろを口で愛撫し始めたのだが、どうやら百合野はこの行為にはあまり慣れておらず、かなり抵抗があるようだった。

「…や、あっ…嫌…ですっ、やめ…あぁ…っ」

舌先を尖《とが》らせ、赤く潤む襞の奥をザラリと舐めてやると、百合野は髪を乱して頭を左右に振った。

「嫌だと言う割に、もうここは真っ赤だよ。ほら…舌で押しただけでも、ぐずぐずと柔らかく溶けていきそうだ」

「そんなっ…んっ…やっ、やあぁっ」

眞山はそのままむしゃぶりつくように尻の狭間に顔を埋《うず》めた。

そして口と舌を使って、執拗に百合野の後孔を愛撫する。

そのたびに、百合野の喘ぎにも似た抵抗の声が、耳に聞こえてきた。

いったい百合野は相葉という男と、どんなセックスをしてきたのだろう。

こんなにも感じやすく、快感には慣らされているようなのに、際《きわ》どい行為には、まるで初心者かと思うような激しい困惑と羞恥を見せる。

本当にこれが五年間も男と付き合ってきた躰なのかと、眞山は何度もそう思った。

「何がそんなに嫌なのかな。この間も、このままこうして指を突き入れたら、気持ちよさそうに腰を振っていただろう」

「違っ、は、ああっ…」

唾液にまみれた窄《すぼ》まりに、眞山の指がぬるりと差し込まれる。

「やっぱり、今夜も同じだ。いや……今夜は二本いっぺんに呑み込めそうなほど、中が熱くて柔らかい…」

言いながら眞山が挿入する指を増やし、奥へズズッと潜《もぐ》り込ませると、百合野はなだらかな背中をしならせて、全身を震わせた。

「や、あぁ……んっ」

感じているのだ。

指にまとわりつく内壁が、妄《みだ》りがましく収斂《しゅうれん》している。

しかも、前立腺《ぜんりつせん》だと思われる部分を指で刺激してやると、言葉では「嫌だ」と言いながらも、その声音はさらに甘みを帯びていく。

「嘘はよくないな…。気持ちがいいなら、いいと言わなければ、相手には伝わらないよ。ここ……いいんだろう？」

「んっ……やっ…ぁっ」

「百合野くん？」

あやすように尋ねながら、眞山はクチュクチュと音を立てて二本の指を蠢《うごめ》かせ、もう一方の手で尻の丸みを撫でた。

すでに百合野の勃起した先端からは透明な雫《しずく》が滴《したた》り、シーツを濡《ぬ》らしている。

おそらくもう二度目の限界も近いに違いない。

なのに百合野の口からは、懇願《こんがん》の言葉は出ない。

「百合野くん……どうしてほしいのか言いなさい」

眞山はもう一押しするように、尻を撫でていた手を、股の間に滑らせた。

そして、百合野の袋をやんわりと鷲《わし》づかみにする。

「ひ…っ。…あ…ぁあっ」

そのまま何度か揉《も》み込んでやると、百合野は狂おしげに身悶え、とうとう音を上げた。

「…い……達かせ…て。も……達かせて、くだ…さい」

だが、眞山は非情に言う。

「それでは駄目だと、さっきも言っただろう。もっと具体的に言ってごらん」

指を食《は》んでいる白い尻が、その言葉にビクッと震える。

「……突い…て……もっと…奥を…」

もっと強く…と、言ってしまってから、百合野はもう一度、大きく震えた。

おそらく口にするのも精いっぱいの羞恥を感じているに違いない。

耳の後ろが、真っ赤に染まっていることからも、それは歴然だった。

「わかった。もっと奥を…もっと強く……何で突いてほしいのかな？」

「………」

「……百合野くん？」

「ま……眞…山さん…で」

「いい子だ」

低く甘い声で言いながら、眞山はズルリと指を引き抜いた。

途端に百合野は、はぁぁ…と深く息をつき、シーツの上にくずおれた。

眞山はサイドテーブルの上に用意しておいたパッケージに手を伸ばし、封を切った。

そして勃ちきった己《おのれ》のものに、手早くそれを装着していく。

「……どうした？」

ふと視線を感じて顔を上げると、百合野が愉悦に潤んだ目で、こちらを見ていた。

眞山はフッ…と口元を緩めた。

「もしかして、待ちきれない？」

「ち…違います。ただ…」

「ただ？」

「……なんでも…ありません」

そう言って顔を逸らしてしまう百合野に、眞山はおもむろに向き直った。

そして、しっとり汗ばんでいる白い背中を手で撫でながら、耳元にキスをする。

「たとえきみが女性でなくても、これはマナーだからね」

「………」

「それともきみは、中に出されるのが好きなのかな？」

揶揄を含んでそう言うと、途端に百合野は弾かれたようにこちらへ顔を向けた。

「違いますっ」

頬を朱に染め、にらみつけてくる百合野が、ひどく色っぽい。

甘い顔立ちに、きつい表情。いいだけ焦《じ》らされ、恥ずかしい言葉を口にしたはずなのに、まるでそれを忘れたかのように噛みついてくる百合野に、眞山は目を細めた。

「いいね…。そうやって刃向《はむ》かわれると、ますます征服欲《せいふくよく》が煽《あお》られる」

言いながら眞山は、隆々《りゅうりゅう》とみなぎる自身を誇示《こじ》するように、百合野を上から押さえつけた。

「さっそく、奥深く、強く……きみが音を上げるまで、コレで突いてあげるよ。前からがいいかい？　それとも、後ろから挿れようか」

露骨《ろこつ》な言葉に、見開かれた百合野の目が、途端に羞恥に揺れる。

だが、答えを口にしなければ、眞山が動かないことを百合野はもう充分に思い知らされているはずだ。

「……後ろ…から…」

掠れ声でそう答えると、百合野はシーツに顔を伏せた。

その腰を、眞山は背後からグッと引き上げるように突き出させる。

熟れたように赤く濡れそぼっているそこに、先端をあてがうと、入り口の襞が生き物のようにキュッと窄まるのが見えた。

それを燃えるような目で見つめながら、眞山は躰を進める。

反射的に逃げを打つ腰を両手で引き寄せ、閉じようとする足を膝で割って。

「くっ…ああっ」

熱い。そして狭い。

百合野の躰は、始めは固く侵入者を拒んでいるのに、一度それを受け入れ始めたら、吸いつくように押し包み、締めつけてくる。それは、初々しさと淫らさが、一つの躰の中に混在しているかのような官能《かんのう》を眞山にもたらし、理性を剝ぎ取っていく。

「…っ。…百合野…くん…」

「ひっ…あっ…あああっ！」

ズンッと最奥《さいおう》まで一気に己を埋め込んだ直後、百合野は全身を硬直させ、達した。

眞山は低く唸《うな》り、眉根を寄せた。

だが、襲いかかる強烈な快感をやり過ごせたのは一瞬だ。

まだ白濁《はくだく》を放ち、痙攣している躰を容赦なく突き上げると、百合野の口から悲鳴にも似た声が洩れる。

「やあっ…あっ、あ———っ…」

劣情《れつじょう》を刺激するその声音に、抽挿のピッチがさらに上がった。

『眞山さんは、もっと紳士的な人だと思っていました』

終わった後、ベッドにうつ伏せたまま、百合野が恨《うら》みがましく呟いた。

声はすっかり掠れている。

あれからまた、続けざまに二回も達かされたのだから当然だ。

『充分、紳士じゃないか。きみが本当に嫌がることはしていないつもりだよ』

煙草を片手に眞山がそう言うと、百合野はカッと頬を赤らめた。

確かにそれは真実だ。

だが、意地の悪い真実だ。

「……いったい、どこが紳士だっていうんだ」

眞山は熱いシャワーを浴びながら先刻の会話を思い出し、自嘲するように独りごちた。

一夜の慰めに抱き合った相手とは、二度とは会わない——そう決めていたせいで、眞山は百合野に強く惹かれていることを自覚しながらも、一度はきっぱりあきらめた。

だが、眞山は運命を感じたのだ。

マツナミのメンバーリストの中に、彼の名前を見つけた瞬間に。

気づいたら、半ば強引に自分もチームメンバーとして名前を連ねていた。

百合野にもう一度会いたい。会って一緒に仕事をする中で、もっとお互いのことを知って親しくなって、相手を必要とし合える関係になりたい——眞山を突き動かしていたのは、そういう純粋な気持ちで。

だから傷心の百合野につけ込むつもりも、肉体関係を強要する気も、その時の眞山には微塵《みじん》もなかったのだ。

だが、ささいな言葉の食い違いで、百合野はすっかり眞山に脅されているのだと勘違いしてしまった。

しかも苦悩《くのう》の末、抱かれる覚悟を決める百合野があまりにもいじらしくて、眞山は誤解を解くよりも、目先の欲望に負けてしまった。

その上、百合野の躰は一度目よりも二度目、そして三度目と回を重ねるたびに、眞山を翻弄《ほんろう》するように魅了《みりょう》する。先刻も、羞恥に震えながらも、与えられる快感に乱れる彼を、貪《むさぼ》るように抱いてしまった。

こんなことをしておいて、今さら誤解を解こうとしても、それは無理というものだ。

「…ったく。つくづく、今までのわたしらしくないな…」

あきれるように嘆息しながら、眞山はシャワーの湯を止めると、ガラス張りのドアを開けた。そして手早く躰を拭《ふ》き、バスローブを身につける。

濡れた髪を掻き上げ、目の前の鏡《かがみ》に映る顔を見つめると、再び口からため息が洩れた。

来る者は拒まず、去る者は追わず。けして深入りはしない——それが自分の恋愛観だったはずなのに、どうしてこんなことになってしまったのだろう、と。

だがそう戸惑いつつも、眞山は自分のこの変化に、少なからず喜びも感じていた。

それは、十年ほど前のある出来事以降、自分は二度と誰に対しても本気で熱くはなれないだろうと思っていたからだ。

『やめて、薫…っ。もうこれ以上、僕を追いつめないでっ…』

耳に残る、悲痛な叫び。

それは眞山の胸の奥に、鋭い棘《とげ》となって今でも突き刺さっている。

その痛みは、誰と関係を持っても、薄れていくことはなかった。

自分が一生、抱えていかなければならないものだと思っていた。

なのに――

眞山はタオルで髪を拭きながら、バスルームのドアを開けた。

そして、冷蔵庫からミネラルウォーターを取り出し、一気に半分ほど飲み干す。

そのまま背後を振り返ると、ベッドには百合野がまだうつ伏せていた。

どうやら、疲れ切って寝入ってしまったらしい。

「百合野くん…風邪《かぜ》をひくよ」

声をかけても、聞こえてくるのは規則正しい寝息だけだ。

眞山はボトルを手にベッド際まで歩み寄ると、惜《お》しげもなく裸体を晒し、眠っている百合野を見つめた。

細いうなじから続く、なだらかな背筋。形のいい尻に、すらりと伸びた両足。

骨格はけして華奢《きゃしゃ》ではないのに、痩《や》せているせいで、どうしても細身に見えてしまう。

だが、肌はこの年代の男のものとは思えないほど白く、なめらかだ。

体毛が薄いせいで、なおさらなのかもしれない。

眞山はアッパーシーツを背中の辺りまで引き上げてやりながら、ベッドの端に座った。

そして、百合野の寝顔に向かって呟く。

「どうしてなんだろうな…。きみといると、昔の出来事がひどく遠くに感じられるよ」

眞山の胸に温かいものが込み上げる。

それは長いこと忘れていた、人を愛しいと思う気持ちだ。

眞山は口元に微笑みを浮かべながら、さらりとした茶色い髪を、指で梳《す》くように撫でてやった。すると、百合野の薄い唇から吐息が洩れる。

「…ん…。…先……ぱ…い…」

髪に触れていた指がピクリと震えた。

眞山はそのままそっと手を引くと、つめていた息を吐き出すように肩を上下させた。

無理もない。

自分でさえ十年も引きずってきたのだ。

相手を想う気持ちが真剣であればあるほど、簡単に忘れられるものではない。

ましてや、百合野は人一倍一途で生真面目な性格なのだ。

「……相葉…直毅か」

眞山は込み上げてくる苦いものを呑み込むように、ボトルを傾けた。

相葉は営業推進部の若手の社員の中では、仕事ができて一番の出世頭《しゅっせがしら》だと聞いた。加えて、精悍な顔立ちと男性的な体格、何に対しても積極的で思いきりのいい性格をしているため、当然女子社員の人気も高く、かなりもてていたようだ。

これぐらいのことを、課長の山下から聞き出すのは、わけもないことだった。

『相葉さんは、百合野くんとは先輩後輩の仲だったとか？』

『ええ、出身大学が同じだったらしく、わりと仲よくしていたようですよ。あら…。だったら、このところ百合野くんが淋しそうにしていたのは、相葉くんが転勤になったせいだったのかしら』

五年も恋人として付き合っていたのに、社内ではこのぐらいの認識しかなかったのは、百合野が二人の関係をひた隠しにしてきたせいかもしれない。

それに百合野は、彼が女と付き合うことを容認していたのではないか。

相葉と自分との関係を、護るために。

いや、相葉自身《あいするもの》を、護るために――

『好きになっては、いけなかったんです。男の自分が、男の先輩を好きになるなんて…。そんなこと、普通じゃないんですから』

dolphinで初めて会った時、百合野は自分の性癖を恥じ、男同士の恋愛感情に罪悪感を抱いていた。そして受け入れてくれた相葉に、深く感謝もしていた。

でも、たとえどんな理由があろうとも、愛する者が自分以外の人間を抱くことに、平気でいられる者はいないはずだ。

『この五年間、僕は本当に幸せだった。だからもうわがままは言えない……言っちゃいけないんです』

決意を絞り出すような哀しい声音だった。

今思い出しても、胸が締めつけられるような。

「もういい……もう楽になっていいんだよ、百合野くん。自分を殺さなくてもいいんだ」

眞山は、目の前で寝息を立てる百合野の頭を、もう一度静かに撫でた。

無理に忘れなくていい。時間がかかるなら、いくらでも待とう。

いつか百合野が眞山をまっすぐに見つめて、本当の意味ですべてを委《ゆだ》ねてくれる日が来るなら、それでいい。

だからせめて今は、幸せな夢を見ていてほしいと、眞山は願う。

「おやすみ……百合野くん」

そう囁いて、眞山は閉じられた瞼《まぶた》に、そっとキスを落とした。

◆

「今日はあいにくの雨だが、どこへ行こうか？　先週は美術館で、その前は映画だったが、それは今日みたいな日に回すべきだったかな。この天気じゃ、きみの得意なテニスも無理だろう。残念だな」

そう言いながらも眞山はハンドルを握り、軽快に車を走らせている。

そして、助手席でずっと黙り込んだままの百合野に、チラリと視線を向ける。

「百合野くん。わたしはこうして、きみとドライブをしているだけでも楽しいんだが、やっぱりきみの笑顔も見たい。どうしたら、喜んでもらえるのかな」

「………」

「どこか行きたい所は？　……どこでもいい。言いなさい」

だったら自宅へ――思わず口に出かかった言葉を呑み込み、百合野は膝の上の手をきつく握りしめる。

そんなことを言っても、すぐに却下されると、この数週間で身に染みているからだ。

「……百合野くん？」

催促《さいそく》する声に、百合野は深く息をついて、口を開いた。

「…別に…。行きたい所など、ありません」

だが、すげなく答えても、眞山は「そうか」と片眉を上げただけで少しもめげない。

「だったら、何か食べたいものは？」

かえって、生き生きと声を弾《はず》ませ、百合野の気持ちを逆撫でしてくる。

「和食、フレンチ、イタリアンに中華…。それなりに三つ星は、把握《はあく》しているつもりだ。なんなりと食べたいものを…」

「――だったら、蟹《かに》を」

「えっ」

「だから、蟹が食べたいと言ったんです」

きっぱりと言う百合野に、さすがの眞山も声を失う。

少しだけ溜飲《りゅういん》が下がったような気がした。

この三週間、眞山は平日だけでなく、こうして休日にも百合野を連れ出そうと自宅を訪《たず》ねてくるようになった。

一度、外で体調を崩し、送ってもらったせいで、自宅を覚えられてしまったのだ。

それからというもの、百合野が断れないのをいいことに、週末になると恋人気どりで誘い出し、あちこち連れ回そうとする。

だが、強引な勧誘の割に、行く先は百合野に指定させるし、食事もいちいち伺《うかが》いを立ててくるので、面倒この上ない。仕事の時の的《まと》を射たアドバイスや、きめ細《こま》やかなフォローとは、あまりにも違う眞山の態度に、百合野の苛立《いらだ》ちは増すばかりだった。


「……本気かい？　夏に蟹……だなんて」

ハンドルを握る眞山の声が、明らかに動揺している。

「ええ。いけませんか」

せめてもの腹いせにと放った一言が、こんなにも眞山を揺さぶるとは思わず、百合野は胸の空《す》く思いで言葉を続けた。

「別に。無理ならいいです。僕はただ、眞山さんが、なんなりとって言うので…」

「――よし。わかった」

「えっ…何、わああっ！」

突然キキキッとタイヤが軋み、躰が大きく左に傾いて、百合野は驚いて座席の端をつかんだ。車がいきなり右折し、対向《たいこう》車線へUターンしたのだ。

「危《あぶ》ないじゃないですか、眞山さん！　何を考えてるんですかっ」

青ざめた顔で責める百合野に、眞山は「悪いね」と軽く詫《わ》びて、にっこりと笑った。

「何って、決まってるだろう。蟹を食べに行くんだよ」

それから三時間半後――

抜けるような青空の下《もと》、百合野は上機嫌の眞山とタクシーから降り立った。

そして、目の前に広がる風光明媚《ふうこうめいび》な景色を、呆然と見つめる。

「……信じられない」

そこは大勢の観光客が行き交う、北海道《ほっかいどう》の小樽《おたる》運河に架《か》かる桟橋《さんばし》のたもとで。

「そんなに感激してもらえるなんて、ここまで来た甲斐があったな」

「感激してるんじゃありません！　あきれてるんです」

その声に、周囲の人々の視線がこちらを向き、百合野はハッとして口を噤《つぐ》んだ。

だが、眞山はそれを気にすることなく、悠然《ゆうぜん》と笑みを浮かべている。

「どうしてだい？　蟹を食べたいと言ったのは、きみだろう」

「だからって、こんな…っ」

「さすがにこの時季に、東京で蟹は無理だからね。だったら、やっぱりここは本場に出向くのが一番だ。それにどうせなら、磯《いそ》の香りがする町がいい…。そう思ったんだが」

「だからって、ここまでするのは、やりすぎでしょう」

いきなり羽田《はねだ》に車を乗りつけ、唖然《あぜん》としているうちに飛行機に乗せられ、空港からタクシーで市街へ――

途中、今のように大きな声を上げれば、奇異《きい》な目で見られると思うあまり、百合野は文《もん》句《く》すら満足につけず、とうとうこんな所まで連れてこられてしまったのだ。

「別に、明日も休みなんだし、いいだろう。それに思い切って来てみたら、東京とは雲泥《うんでい》の差で涼しいし、眩しいほどの晴天だ。何もかもデートに打ってつけじゃないか」

「デ、デートって…」

百合野は赤面し、うろたえた。

こんな天下の往来で、堂々と男同士でデートをしようだなんて、どうかしている。

映画館や美術館でさえ、人目が気になって仕方がなかったのに、冗談じゃない。

相葉とだってデートらしいデートは数えるほどで、こんな遠出はしたことがなかった。

「何も手を繋いで歩こうって言ってるわけじゃないんだから、そんなに照れないで」

「照れてなんていませんっ」

その声に再び周りの視線が集まり、百合野は肩を竦めた。

それでなくても石造りの倉庫群が運河沿いに立ち並ぶレトロな風景の中にあって、眞山の姿は人目を惹くのだ。

遊び心のある洒落たダークシャツに麻のジャケット、そしてチノパンツ。しかも、ゆるくウエーブのかかった髪の色と同系の焦げ茶色のサングラスが、エキゾチックな男の魅力を倍加させている。

それに比べて自分は、なんの変哲《へんてつ》もない水色のシャツにジーンズという格好だ。

まさかこんなことになるとは思わなかったし、いきなり連れ出されたのだから、普段着なのは当然だ。

「蟹料理を予約した店が開くまで、まだ時間がある。それまでこの辺を散策《さんさく》して歩こう。向こうにはガラス工芸店や、オルゴール堂、それに旧ウォール街など、歴史的な建造物も数多くあるからね。きみはまず何が見たい？」

「…何も見たくありません」

「百合野くん」

かすかに非難するような声で、眞山が顔を曇らせる。だが、百合野は譲《ゆず》らなかった。

「こんな所を二人で連れ立って歩くなんて、ご免《めん》です。きっと、変な目で見られ…」

「よし。だったら、あれに乗ろう」

百合野の後ろ向きな発言をさえぎり、眞山がスッと何かを指さした。

その先を目で追って、百合野は絶句する。

それは、黒い幌《ほろ》に朱色の座席も眩しい、観光用の二人乗り人力車だった。

「歩くのが嫌なら、もってこいの乗り物じゃないか」

「どこがもってこいだと…あっ、眞山さん！」

だが、制止する百合野を尻目に、眞山は片手を挙げ、合図をする。

すると日に焼けた躰を半被《はっぴ》に包んだ若い俥夫《しゃふ》が、車を曳《ひ》いてこちらに走ってくる。

百合野の背中に、冷や汗が流れた。

「ほ、本気なんですか、眞山さん。男二人で人力車なんて…」

「もちろん、本気だよ。おい、きみ。この辺を一周、頼めるかな」

眞山はサングラスを外しながら、さっそく俥夫に観光案内を依頼する。

俥夫の目が、眞山を…そして百合野を見つめ、一瞬不思議そうに揺れた。

カッと頬が熱くなる。

どんな目で見られたのかと考えるだけで、ここから逃げ出したくなった。

だが、眞山はそんな百合野をよそに、てきぱきと観光コースを決めていく。

「じゃ、こちらへどうぞ。足元に気をつけて、お乗りください」

俥夫が眞山と百合野の前にしゃがんで、踏み台を置いた。

そして満面に笑みを浮かべ、二人を見上げて。

「いやぁ、それにしても、若くて格好いい、お父さんですね〜」

「……えっ」

百合野と眞山の目が、一瞬かち合い——同時に、俥夫に向けられる。

「うちの親父《おやじ》も、まだ若いには若いんですけどね。この座席を一人で埋めちまうような、メタボもいいとこなんですよ〜。いやぁ、マジで羨ましいなぁ」

眞山の片頬がヒクリと震え、声が裏返った。

「ちょ……ちょっと、きみ…」

百合野の胸に、おかしさが急激に込み上げる。

眞山のこんなに慌てた姿を見るのは、初めてだった。

その肩を、百合野は笑いを噛み殺して、ポンと叩いた。

「――お父さん」

言った途端、眞山がギョッとしたように百合野を振り返った。

それにかまわず、踏み台に足をかけ、百合野は先に人力車へ乗り込む。

そして眞山に向かって、にっこりと微笑んで。

「時間がもったいないから、早く乗りましょう。ね……お父さん？」

その時の眞山の苦虫を噛み潰したような表情に、百合野はたまらず声を洩らして笑ってしまった。


爽やかな風の中、人力車観光を終えた二人は、外国の客船が停泊している港を散策し、蟹料理の専門店へと向かった。その頃には、知り合いのいない旅先ということもあり、百合野も眞山と連れ立って歩くことに慣れて、一抹《いちまつ》の開放感を味わっていた。

それに何より自分たちが親子に見られたことが、百合野に深い安堵感を与えていた。眞山がしばらく不機嫌だったのも、内心愉快《ゆかい》だった。

男二人で人力車だなんて、まるでゲイカップルだと触れ回っているようなものではないかと不安だったが、世間の目は意外にもいい意味で節穴《ふしあな》だったらしい。

だが、百合野はそれを、今度は別な意味で思い知らされることになったのである。

「いらっしゃいませ。ご予約頂きました眞山さまでらっしゃいますね。こちらへどうぞ」

眞山が予約したのは、港に面した一流ホテルの最上階にある店だった。

どうやら眞山は食事の後、このホテルに宿泊する気らしい。

それは飛行機に乗った時点で、百合野も半ばあきらめていたことだったので、今さら文句を言う気にもならなかった。というか、仕事を盾《たて》に関係を強要されている身としては、文句など言いようがない、というのが本当のところか。

だが、眞山はひどく強引な面もあるかと思えば、いきなりポンと百合野に下駄《げた》を預けるようなこともするので、気を抜いていると大変な目に遭《あ》わされる。

「お席は椅子席とお座敷《ざしき》の二タイプをご用意させていただいております。どちらもオーシャンビューの個室になりますが、どちらがよろしいでしょうか」

案内人の女性に聞かれて、眞山は「どうする？」と百合野の顔を見た。

「あ……だったら、椅子席で」

「かしこまりました」

案内されたのは、大きな窓から海に沈みかけている夕日と、グラデーションに彩《いろど》られた夕空が望める、ゆったりとした個室だった。

だが、美しいその眺めにため息をつく間もなく、眞山は席に着くなり、百合野に「なんでも好きなものを好きなだけ選びなさい」と、メニューを預けてしまったのだ。

確かに「蟹が食べたい」と言ったのは百合野だ。たとえそれが戯《ざ》れ言《ごと》でも。

だが、開いたメニューは本場の専門店だけあって、どの料理も豪華《ごうか》で美味《おい》しそうだが、種類が豊富すぎて何をどう選んでいいのか、まるでわからない。

しかも、あちこちに『時価』という文字が飛び交っている。ならばコース料理を…と思ったのだが、そちらも桁《けた》が一つ違うような金額が並んでいた。

あげく、当惑する百合野の横で、案内人の女性がとんでもないことを言いだす。

「お幸せですね」

メニューを持つ手がビクッと震えた。

見上げると女性は、目を細めて百合野に微笑みかけた。

「なんでも好きなものを好きなだけ、なんて…こんなに気前のいいお兄さまをお持ちで」

思わず、口から「は？」と言う声が洩れそうになった。

――お兄さまって……いったい誰が、誰の？

愕然《がくぜん》とする百合野を前に、女性は目線を眞山に流した。

「今日は、お誕生日か何かでらっしゃるんですか」

「ええ。実はそうなんですよ。今日はこいつの、二十歳《はたち》の誕生日祝いなんです」

――なっ…。は、二十歳って、眞山さん！

しれっと答える眞山を、目を剥《む》いて見つめる百合野に、女性が恭しく頭を下げる。

「まぁ、それはおめでとうございます」

「……い…いえ。どうも…」

かろうじて返答する声が、湧き上がる憤りに掠れて震えた。

そんな百合野を前に、眞山がフッ…と満足げに口端を上げる。

「どうした？　遠慮なんてするな。ここは、兄さんの奢りだ。腹いっぱい食べるといい」

メニューを握る手が、色をなくすほどきつく握りしめられた。

せめてもの報復にと、高級な料理を数々注文した百合野は、すぐにそれを後悔した。

すっかり学生と勘違いされたおかげで、食事中、女性が現れるたび、百合野は何度も眞山に「兄さん」という言葉を口にさせられた。

そのせいで、せっかくの料理の美味しさを、充分に堪能《たんのう》できなかったからだ。

けれど、それを差し引いても窓の外の雄大《ゆうだい》な景色は美しく、食後のワインも口に心地よく、これが本当に恋人とのデートならば、最高の夜だと百合野は思った。

でも。

「……眞山さん」

百合野はグラスを片手に、静かに切り出した。

「いくら僕が逆らえないからといっても、毎週あなたに付き合わされ、あげくこういうことまでされては、さすがに困ります」

「……どうしてかな」

片眉を上げ、眞山が意外そうに尋ねる。

「僕とあなたは恋人同士でもなんでもない。あなたが僕に求めているのは、こういうことではないはずです」

「まるでわたしが、きみの躰だけが目当てでこうしている…とでも言いたげだね」

不満げに言う眞山に、百合野はきつく唇を結ぶ。

それ以外、なんの目的があるのだと、胸の内で思いながら。

「いや…。実際そう思われても仕方のないようなことをしているんだから、当然だな」

だが、自嘲するように言って、眼鏡を指で押し上げる眞山に、百合野の心が揺れる。

レンズの向こうの黒い瞳が、後悔の色に滲んでいたからだ。

「百合野くん…。今さらきれい事を言っても始まらないのはわかっているし、きみを抱きたいという欲求を隠すつもりも抑える気も、今のわたしにはない」

「なっ…」

「でも、そうしたいと思うのは、わたしがきみに本気で惚れているからだ。それだけは間違えないでほしい」

　ドキンと心臓が鳴った。

　こちらを見つめてくる眞山の眼差しがあまりにも真剣で、思わず目を逸らしたくなる。だが、先に逸らしたのは眞山のほうだった。

「確かにわたしはあの夜、この腕に抱いたきみを、忘れられなくなったと言った。一晩限りだと言っておきながら、強引にマツナミの研究チームに入り込んで、再会も果たした。でもそれは、きみという人の一途さや健気さに、強く惹かれたからしたことで…」

「…眞山さん…」

「でも、きみにしてみれば、わたしの言うことなど信じられないだろうな…。だいたい、わたし自身が一番信じられない。自分がこんなに後先を考えず、熱くなる人間だとは思ってもみなかったのでね」

　百合野は驚いて目を見開いた。

　眞山の思わぬ一面を垣間見《かいまみ》たような気がして。

百合野の脳裏に、ふといつかの折原の声がよみがえる。

『眞山さんは基本、「来る者は拒まず、去る者は追わず」の人だもん。それは難しいんじゃない？』

それは確か、眞山と初めてdolphinで出会った夜のことだ。

マスターが、「好きだからこそ、見苦しい真似をしてほしいものではないのか」というようなことを言った時、折原が口にした言葉だ。

——でも……だったら…。

眞山という男は、いつもはこんなに強引ではなく、仕事を盾に肉体関係を強いるような人間ではないということなのだろうか。

確かに初めての夜の時は、紳士を絵に描いたような人物だと、百合野も思った。

一夜限りという言葉に、後腐《あとくさ》れなく割り切りのいい遊びに慣れた、大人の余裕も感じられた。

なのに。

「…すまない。きみを前にすると、どうしても気持ちを抑えきれなくなってしまうな」

自嘲ぎみに眉根を寄せ、呟く眞山に、百合野の胸が再びドキンと高鳴る。

だったら、眞山をこんなふうに変えてしまったのは…困惑させているのは、ほかならぬ百合野自身だというのか。

「あ…。でも……僕は…」

戸惑う百合野に、眞山が顔を上げ、静かに微笑んだ。

「――わかっている。きみはまだ、相葉くんのことが忘れられないんだろう」

百合野は思わず息をつめた。そして愕然とする。

今の今まで目の前の眞山のことにばかり囚《とら》われていて、相葉のことなど少しも頭の中になかったからだ。

「わたしも、いきなりそこまできみに強要する気はない。それに無理をして過去を忘れる必要はないと思っているよ。ただ、これからきみと一緒に過ごす時間の中で、わたしという人間をゆっくり理解してくれればいい。わたしが望むのはそれだけだ」

「……眞山さん…」

「まぁ、それすらも、叶えてもらえないというのなら、もう…」

眞山はそう言いながら前髪を掻き上げ、翳《かげ》る目をワイングラスに落とす。

その表情に、ズキッと鋭く胸が痛んだ。

百合野は思わず首を横に振った。

「別に。そこまでは言ってません」

途端に眞山は、「よかった」と、今までの憂《うれ》い顔《がお》が嘘のような笑顔を見せた。

「だったら、これからもデートの誘いは受けてもらえるんだね」

「えっ……」

展開の速さに頭がついてこず、百合野は一瞬あっけにとられる。

そして、目の前でゆったりとグラスを傾ける眞山に、ようやく自分が踊らされたことに気づいて、カッとなった。

「それとこれとは、話が別でしょう。だいたいデートなんて仰々《ぎょうぎょう》しいことを言うなら、あれこれ僕に決めさせずに、もっと完璧《かんぺき》にエスコートすべきなんじゃないですか」

「それは、少しでもきみの意思を尊重《そんちょう》しようとして……」

「先輩と付き合っていた時は、二人で出かけても、今日みたいに恥ずかしい思いも、冷や汗をかくこともありませんでした」

ぴしゃりと言ってのけると、眞山は再び顔を曇らせる。

これが危ない。哀れみを誘うような、甘い声音にも要注意だ。

「ひどいな…。五年も付き合ってきた彼と比較されたら、敵わないのは当然じゃないか」

もう引っかからないぞと、百合野が唇を噛みしめた途端だった。

「だったら、そろそろ汚名《おめい》を返上させてもらおうかな」

ふう…っとあきらめたように嘆息し、眞山はジャケットのポケットに手を伸ばす。

そして、一枚の黒いカードを取り出した。

それはおそらく、このホテルの部屋のカードキィ。

「何しろ今夜は、きみを好きだと告白して初めて二人で過ごす夜だからね。満足してもらえるよう、完璧にエスコートさせてもらうよ……百合野くん」

低く響く、眞山の夜の声。

その唇が、指に挟まれたカードキィに、チュッ…と音を立てて触れる。

百合野の全身が、ざわめくように震えた。


熱気をたっぷり含んだ湯気の中、眞山が肩越しに優しく言う。

「中がヒクヒクいってるね…。そろそろ刺激が欲しいんじゃないのかな」

背中に響くその声にすら、百合野は躰をブルッと震わせて、「んっ…」と鼻にかかった吐息を洩らした。

部屋はエグゼクティヴクラスのツインルームで、バスルームも広々としていた。

しかもジャグジー付きのバスタブに浸《つ》かりながら、ベイエリアの夜景が窓から望めるという贅沢《ぜいたく》な造りだ。

だが、百合野は少しもそれを楽しめてはいない。

なぜなら百合野はバスタブの中で眞山に背後から抱えるように抱かれて、すでに貫かれてしまっているからだ。

あげく今夜はコンドームもつけず、そのまま挿入されたので、百合野の内部は直に眞山を締めつけている。そのせいなのか、風呂の中で行為に及んでいるせいなのか、それとも先刻、思いがけず眞山の告白を聞かされたせいなのかはわからないが、百合野はいつになく敏感になっていた。

背後から回された眞山の手で、脇腹《わきばら》をすぅ…っと撫で上げられただけで、背筋が甘く震え、内壁が蠢くのがわかる。

「は、あっ…も……やあぁ…っ」

百合野はたまらず顎をのけ反らせ、眞山の腕をつかんだ。

いっそのこと、このまま激しく突き上げて、終わらせてほしかった。

なのに眞山は、耳元で優しく囁くだけだ。

「百合野くん。別にわたしはきみを虐《いじ》めているわけじゃない。ただ、きみの好きなようにしてみなさいと言ってるだけだ。そんなに恥ずかしがらないで……ほら？」

「ん、あぁっ…そんな…っ」

眞山にバスタブの手すりを握らされ、下から軽く揺すり上げられて、濡れた嬌声《きょうせい》が百合野の唇からこぼれる。

「こうやってここにつかまって自分で腰を上下させるか、前を扱くか…。それとも乳首を愛撫してもいい。きみはここの感度もいいからね」

言いながら、すでに硬く凝《しこ》っている胸の突起を指でつままれる。

途端に、眞山を食んでいる粘膜《ねんまく》が、キュウッと淫らに収斂した。

その浅ましさが百合野には耐え難《がた》い。

――これのどこが、完璧なエスコートだっていうんだ？

だが、そう詰問したくても、今の百合野にその余力はない。

それに、聞いても返ってくる答えは想像がつく。

眞山は相葉とは違い、けして自分の欲望を優先させない。

今も百合野を一度先に達かせて挿入し、躰が馴染むのを待っているのだ。しかも今夜はことさら優しく愛撫を施《ほどこ》し、百合野が自ら望むことだけをさせようとしているらしい。

でも、それは快楽以前に、激しい羞恥と精神的苦痛を、百合野にもたらすだけで。

「やっ……眞山さん…っ…や、あぁっ…」

乳首に触れていた眞山の手が、ゆっくりと下腹に滑る。そのまま湯の中で揺れている下生えをまさぐられて、勃起している百合野の分身がピクピクと物欲しげに震えた。

「だから、嫌じゃなく、きみのいいようにしてごらん。何もしないと、いつまでもこのままだよ。二人でのぼせてしまう」

揶揄を含んだ甘い声に、百合野は唇を噛んだ。

相葉と付き合っていた頃は、こんな歯がゆい思いをしたことはなかった。

相葉はどんな時でも主導権を握り、百合野はそれに従《したが》ってついていくだけでよかった。

そして、彼にそうされることこそが、百合野の幸せだった。

無論《むろん》、セックスも同じだ。

百合野は相葉のリードに任せ、荒々しい快感の波の中で翻弄されることを望んでいた。

こんなふうに、じわじわと嬲《なぶ》られるように昂《たか》められるのではなく。

「……眞……山さん……もう…っ…」

「…もう？」

「も……ベッ…ドへ」

百合野は掠れ声で求めた。

「ベッドへ、って……この状態で、連れていけと？」

問われて反射的にうなずく百合野に、背後で嘆息が聞こえた。

「そうか…。きみは、わたしとこうして一緒に風呂に入ること自体、嫌なんだね。さっき躰を洗ってあげている時も、しきりに抵抗していたし…」

落胆《らくたん》の声に、百合野はかすかな罪悪感を覚える。

でも、相葉とでさえ互いの家の風呂場で抱き合ったのは数えるほどで、あんなふうに泡立てた手で躰の隅々《すみずみ》まで洗われたこともなければ、こんなに時間をかけて淫らな行為に耽《ふけ》った経験も百合野にはないのだ。

なのに、自ら悦楽を求めて好きに動いていいと言われても、できるはずがない。

「残念だな。本当はここではここで…ベッドではベッドで…たっぷり可愛がってあげるつもりだったんだが」

吐息交じりに言われた言葉に、躰が期待するように、はしたなく疼く。

眞山にとって、この一連の流れは完璧なエスコートのつもりなのだろうが、百合野には恥辱以外の何ものでもない。

「じゃあ、一旦《いったん》これを抜こうか。ほら…ここにつかまって、ゆっくり腰を上げて」

「……ぅっ……ん…ん…」

眞山の声に、百合野はそろそろと腰を持ち上げた。

そのせいで、体内の眞山がズルッ…と内壁を擦って抜けていく。

だが、その感触は、挿入されてからいいだけ焦らされていた百合野の躰に、思いもしないほどの悦楽をもたらした。

「あっ……んああっ！」

中腰の姿勢を支えていた腕から力が抜け、百合野の躰が湯に沈む。

ずぶっと硬い肉塊に再び穿たれる衝撃で、目がくらむような快感が背筋を走った。

しかも、チャプン…と揺れる湯面にすら、濡れた肌が総毛立つ。

「…だ……駄目…です。も…う…」

首を振り、訴える間にも、下腹部がじんじん疼いてたまらない。

奥深く呑み込んだ男根を、妄りがましく食い締める自分の躰に、顔から火が出るほど恥ずかしいが、これ以上我慢はできそうになかった。

「ベッドのほうが、いいんじゃなかったのかい」

かすかに揶揄が混じる、低い声音。

背後から耳に吹き込まれるその声にすら愉悦を感じてしまい、目元がじわっと潤む。

「いいえ。…いい…え。やっぱり…ここ…で…」

百合野はなりふりかまわず首を振った。

「わたしはかまわないよ。…いや、わたしもそのほうが嬉しいかな。何しろ、湯船の中のきみは全身がほんのり赤く染まって、後ろから見ていても、震えがくるほど色っぽい。わたしも堪えるので精いっぱいだ」

どこか満足げに言う眞山の手が、背後から百合野のそれを片方ずつつかんだ。

そして右手は股間へ、左手は胸へと導く。

「ここか…それとも、こちらか。それとも…」

「は、ああっ…んっ」

ズンッと奥深い所を先端で突かれて、百合野は躰を硬直させた。

そのせいで右手は勃起を握りしめてしまい、左の指先は乳首を押し潰してしまう。

「こうして自分で抜き差しをするか……好きなほうを選びなさい。わたしはそれを補《おぎな》ってあげよう」

肩越しに囁かれ、喉がコクリと鳴る。

「いいね?」

有無を言わせない問いかけに、百合野は何度も無言でうなずいた。

そして、左手で手すりにつかまると、右手で限界まで張りつめた自身を扱き始める。

一刻も早く達きたかった。

それにはどうするのが最善か――もうそれしか考えられなくなっている。

「あっ…あっ…ん、はあぁっ…」

「ああ。そんなに食い締めたら、わたしが動けないだろう。…困ったな」

恥辱を煽るように言われながら、腰をつかまれ、上下に揺すられる。

恥ずかしくて悔しくて、でも死ぬほど気持ちがいい。

男の怒張が抜け落ちるぎりぎりまで躰を持ち上げられ、再び深くねじ込まれると、二人が繋がっている部分から、グプッと淫猥《いんわい》な音が聞こえてくる。

「や、あっ…お湯…が、入…っ、嫌あぁ、んっ」

だが、眞山は抜き差しをやめるどころか、愉悦に潤んだ柔襞をなおも抉《えぐ》るように腰を回してくる。

しかも気がつくと、それに応じるように百合野は自分からも腰を揺すって、感じる部分を眞山の分身に擦りつけていた。

「可愛いよ……百合野くん。もっと乱れてごらん」

「あっ…言わない…で、ん、やあぁっ…」

あまりのはしたなさに気が遠くなったが、もう止められない。

断続的に洩れる自身の喘ぎ声にすら性感を刺激されて、無我夢中で手と腰を動かした。

「も…っ、あっ…あ、ああ――っ…」

湯の中に白濁を放った直後、ズンッと最奥を突かれ、眞山が弾けるのを感じた。

ドクドクッと脈打ちながら、熱い迸《ほとばし》りを注ぎ込まれる。

その感触に絶頂が再び襲ってきて、百合野は濡れた躰を大きく震わせ、目を閉じた。

◆

百合野がdolphinのドアを押したのは、眞山と再会して、一カ月あまりが過ぎた頃だった。

「いらっしゃいませ」

そう言ってこちらに顔を向けたマスターの目が、大きく見開かれる。

その眼差しにかすかな気恥ずかしさを感じながら、百合野はカウンターに足を進めた。

店内はまだ時間が早いので、空席が目立つ。

そのせいか、百合野のほうに向けられる視線も、さほど多くないのが救いだった。

「お久しぶりですね、百合野さん。お元気でしたか」

空いているカウンター席に腰を落ち着けると、マスターはにこやかに微笑んだ。

百合野はそれに軽く会釈《えしゃく》を返す。

「はい。おかげさまで。その節はお世話になりました。マスターにも、あの時はすっかりご迷惑をおかけしたかと…」

「いえいえ。それはもうお気になさらずに。こうして、お顔を見せていただけただけで、充分です。…で、今日は何をお飲みになりますか？」

「あ……じゃあ、モスコミュールを」

「かしこまりました」

恭しく低頭するマスターに、百合野はホッと息をつく。本当はここに来れば、もっとあれこれ聞かれるのではないかと思っていたからだ。

眞山と初めて出会ったあの夜、店で倒れた百合野を前に、おそらくマスターにもいろいろ迷惑がかかったことだろう。たぶん眞山とホテルへ行ったことも、知られているに違いない。

だが、マスターはあえてそのことには触れず、氷で満たしたグラスにライムを搾《しぼ》りながら、話題を変えてくる。

「今日は、いきなりお一人でどうされたんですか。あ…もしかして折原さんと？」

「ええ。待ち合わせをしてるんです……いや、呼びつけられた、のほうが正しいかな」

「それはちょっと、穏やかじゃありませんね。喧嘩《けんか》でもされたんですか」

尋ねるマスターに、百合野は一瞬躊躇する。

せっかくのマスターの気遣いが、台なしになると思ったのだ。

――でも…どうせここに折原が来れば、知れることだ…。

「…ええ。実は…」

百合野は覚悟を決めるように口を開いた。

『いったいどういうこと、百合野？　オレには聞く権利、あるよね』

折原からきついロ調で電話がかかってきたのは、午後の打ち合わせが一段落した、休憩タイムのことだった。

だが、休憩とはいっても、一休みしているのは他のメンバーたちで、少し遅れを取っている百合野は、一人で資料室にこもり、パソコンを使っていた。

「どういうこと…って、折原こそいったいどうしたんだ、藪《やぶ》から棒《ぼう》に」

携帯を耳に当て、眉根を寄せる百合野は、続く折原の言葉に息を呑んだ。

『――百合野、昨日の昼間、新宿《しんじゅく》の映画館に眞山さんといたでしょ？』

「えっ」

『とぼけても駄目だよ。オレ、この目ではっきり見たもん』

「そ……それは…」

背中に冷たい汗が流れた。

『ねぇ、なんで二人はあんなに仲よくデートしてるわけ？　百合野言ったよね、オレに。眞山さんとは一晩限りだって。無理をしてまで会いたいとは思わないって』

「………ああ。言った」

『だったら、どうして』

百合野は一つ大きく息をして答えた。

「実は、眞山さんとは今、マツナミで一緒に仕事をしてるんだ。だから…」

『一緒に仕事っ？　何それ。わけわかんない。もっとちゃんとわかるように説明してよ』

こうして百合野は混乱する折原に、dolphinへ来るよう約束させられたのだった。


「…しかし、まさに『現実は小説より奇なり』ですね。まさか、眞山さんが百合野さんの会社で仕事をすることになるなんて」

「そうなんです。嘘みたいな話なんですが」

「折原さんが混乱されるのも、無理はありませんよ」

「ええ。僕も電話じゃ、ちょっと説明に困ってしまって」

「それで『呼びつけられた』ってわけなんですね。よくわかりました」

そう言って微笑むマスターに、百合野も苦笑し、手元のグラスに口をつける。

待ち合わせの時刻は、午後七時。

だが、その時間を二十分近く過ぎても折原は現れず、メール一つ来ない。

おかげで百合野はマスターを相手に、予定していた話のほとんどを喋《しゃべ》ってしまっていた。

だが、かえってシミュレーションできてよかったと、百合野は思う。

自分の職場で眞山と偶然再会して、ひどく驚いたこと。それから少しずつ親しくするようになって、先日一緒に映画を見に行ったところを折原に目撃されたこと。

もちろん、躰の関係を含めた深い付き合いをしていることは言わないつもりだ。

言えば折原のことだ。「なぁんだ。だったら、よかったじゃん。おめでと〜」と能天気《のうてんき》に祝福してくるのは目に見えている。

けれど、百合野の気持ちはそんなに単純に割り切れるものじゃない。

相葉のことを思い出せば、まだ胸は切なく痛むし、第一、自分と眞山の今の関係をなんと表現していいのかも、百合野にはよくわからないのだ。

「…あ。百合野さん。折原さんがいらっしゃいましたよ」

マスターの声に、百合野はハッとして店の入り口のほうへ目を向けた。

そして、思わず息を呑む。

折原の背後に、思いもしない人物の姿があったからだ。

「ま…眞山さんっ」

二人は呆然とする百合野の前まで歩いてくると、それぞれに口を開いた。

「ごめんね。すっかり遅れちゃって。眞山さんと話しながら歩いてきたものだから」

「いや、わたしが折原くんとの待ち合わせに遅れたからなんだよ」

そう言いながら、百合野の隣の席に折原が、その隣に眞山が座る。

わけがわからなかった。

「いったい……どういうこと？」

百合野は、電話での折原とそっくり同じ言葉を、二人に投げかけた。

「ごめん。百合野には悪いと思ったんだけどね、オレが眞山さんを呼び出したんだよ。眞山さんがマツナミにいるって聞いたから、直接会社に電話したんだ」

そう言って、折原は顔の前で拝《おが》むように手を合わせ、笑う。

「別に百合野が嘘をつくとか、信用してないとかいうわけじゃないんだけど…。でも、百合野の場合、なんとな～く真実の三割ぐらいしかオレに話してくれなそうな気がしてさ。だから、眞山さんからも話を聞こうと思って」

折原の言葉に、百合野はドキッとする。

さすがに長年友人として付き合ってきただけに、折原は鋭いところを突いてくる。

「すまない。百合野くん。折原くんには、ここに来ることをきみに言わないよう口止めされていてね。驚いただろう」

折原の肩越しにそう言うと、眞山は百合野に向かって意味深な瞬《まばた》きをしてみせる。

それが単なる謝罪の意味なのか、それとも、ここはわたしに任せておきなさいとでもいうつもりなのか、百合野には皆目《かいもく》見当がつかない。

「お二人とも、とりあえずオーダーをよろしくお願いします」

「あ、ごめん、マスター。オレいつもの」

「わたしはスパニッシュタウンを」

「かしこまりました。マルガリータとスパニッシュタウンですね。百合野さんはどうされますか。モスコミュールをおかわりされますか」

マスターに聞かれて、百合野はいつの間にか手元のグラスが空になっていることに気づき、うなずいた。

「あ…。ええ。そうしてください」

「へぇ～。百合野がウォッカベースのカクテルを飲むなんて珍しいね。マスターのオススメ？」

「いや、最近はもっぱらこれを…」

折原の問いに、何げなく返答しかけて、百合野は慌てて口を噤んだ。

バーにもあまり慣れていなかった百合野が、そんなにたびたび、いつどこで誰とカクテルを飲んでるわけ――探るような折原の視線を感じたからだ。

だが、折原はそれについては追及せず、いきなり核心に触れてきた。

「…ってことで、とりあえず、だいたいの話は眞山さんから聞いたよ」

「だ…だいたい、って？」

ニッと含み笑いをする折原に、声が不自然に震える。

まさか眞山は、自分たちの関係を赤裸々《せきらら》に語ったりしたのだろうか。

「だから、マツナミがK大学と提携したことや、研究チームのメンバーの中に、偶然百合野と眞山さんが居合わせたってことだよ。オレもそれを聞いてびっくりしたよ。眞山さんが運命を感じちゃうのも無理はないな～って」

「いい大人が、運命なんて言葉を口にするのは、少々気恥ずかしいんだが…」

「そんなことはありません。わたしもそう思いましたよ、眞山さん」

自嘲するように言う眞山に、マスターが酒のボトルを選別しながら微笑む。

「わたしも百合野さんからお話は伺いましたが、なんてドラマチックな再会なんだと驚きました」

「だよね、マスター。オレなんか、思わずときめいちゃったもん。それに眞山さんってば、今は百合野とラブラブだって言うしさ。もうオレ、羨ましくって～」

「ラブラブって……眞山さんっ」

百合野はカッと顔を赤らめ、眞山に抗議の目を向けた。

あなたは折原に、いったい何をどう話したのか、と。

「いや、それは違うよ。折原くん。確かにわたしは百合野くんと付き合っているとは言ったが、それはまだ、ほんのお試し期間…みたいなものだからね」

「お試し期間？」

意外な顔をする折原に、眞山は真剣な面持ちでうなずいた。

「ああ。百合野くんと出会って、まだ一、二カ月のわたしが、七年越しの相手に、簡単に取って代われるとは思っていないからだよ」

その言葉に、ハッと息をつめたのは百合野だけではない。

折原も、マスターさえもが目を見開き、眞山を凝視している。

「だからわたしは百合野くんの気持ちがゆっくり解けていくのを、待とうと思っている。それに、わたしと百合野くんは恋愛以前に、まず仕事相手だ。それが疎《おろそ》かになるような関係は、やはり好ましくないからね。公私の切り分けは必要だろう」

眞山が言い終えた後、ややあって折原が、くぅぅ〜っと悶絶《もんぜつ》するように胸元を掻きむしった。

「聞いた、マスター？　もう、超焦れったくない？　百合野。眞山さんにここまで言わせておいて、百合野は全然グラッとこないわけ？　百合野だって以前、眞山さんのことは、いい人だったって言ってたじゃん。だったらもう、さっさとくっついて…」

「——運命だとか、偶然だとか……きれい事は言わないでください、眞山さん」

ひどく冷ややかな声が、耳に聞こえた。

「…え？　あの……ゆ、百合野？」

折原の困惑げな顔に、それが自分の声なのだと、百合野は気づく。

だが、気づいても、口を突いて出てくる言葉は止められなかった。

「うちの会社がK大学と提携したのは、確かに偶然です。でも、あなたがチームメンバーになったのは偶然でも運命でもなんでもない。教授の権限を使って、無理やりそうなるよう仕組んだからでしょう。マツナミのメンバーリストに、僕の名前を見つけて」

言い終えて百合野は、ふーっと息をつく。

本当は自分も折原には、眞山と大筋は変わらない話をするつもりだった。

けれど、陰では仕事を盾に取って肉体関係を強要してきたり、真摯《しんし》な告白をしてきたかと思えば、淫らな要求を繰り返して百合野を翻弄したりするくせに、眞山があたかも優等生的な発言をするので、思わずカッときたのだ。

彼の言うことが、真実のすべてだと思われては、たまらないと。

「ちょ…ちょっと、待ってよ、百合野。教授の権限って…無理やりって…」

「まいったな…」

慌てふためく折原に、眞山が眼鏡のフレームを指で持ち上げ、苦笑する。

「せっかく、きれいにまとめ上げたのに、そんなふうにバラさないでほしいな…百合野くん。これじゃ、わたしがきみにベタ惚れなのが、丸わかりじゃないか」

「ええっ。だったら眞山さんは、百合野に会いたいがために、わざと画策を？」

「ああ。そうなんだ。嘘をついて申し訳ない」

だが、眞山は言葉とは裏腹に、嬉しそうにうなずく。

それがまた苛立ちを煽って、百合野は眞山をきつくにらみつけた。

「――なんだか、キャラ……違わなくない、百合野？」

啞然として言う折原に、百合野は深く同意する。

「ああ。ここでは、癒しの眞山だとか、紳士的だとか言われていたけれど、眞山さんって最初の印象とは全然違う人だった」

「ううん。違う違う。オレが言ってるのはね、百合野のことだよ」

「……えっ。僕のこと？」

意外なことを言われて、百合野は驚く。

目の前で、折原がコクコクと首を縦に振った。

「オレ、百合野がそんなに本気で怒るところ、初めて見たよ」

「なっ……」

「もちろん眞山さんも、そんなことをするような人には見えなかったし、意外に情熱的なんだなって、びっくりしてるけど、でも……百合野、自覚ないの？」

真顔で聞かれて、百合野は返答に困る。自覚があるかないか、どころか、折原がいったい何を尋ねているのか、まるでわからないからだ。

「――結局、お似合い…ってことなんじゃないですか」

マスターが出来上がったカクテルを前に、静かに言った。

そして、それぞれの前にグラスを滑らせ、差し出すと、にっこり微笑む。

「眞山さんをそこまで本気にさせたのは、百合野さんなわけでしょう」

「…あ……。そうか。逆もまた然《しか》り…ってことか」

折原が何事かに気づいたように、ポンと手を打つ。

その横で眞山が「マスターには敵わないな」と、照れたように口元を緩ませる。

ただ一人、百合野だけはわけがわからないまま、苛立ちを募《つの》らせた。

「なんなんですか、みんなで納得して」

だが、ムッとする百合野に、折原は上機嫌で笑うだけだ。

「まぁ、いいじゃない。眞山さんがじっくり待つって言ってるんだし、そのうちわかるってば。ほら、じゃあ、みんなで乾杯しよ。百合野と眞山さんとオレと、ついでにマスターの幸せを願って、かんぱ～い！」

掲げられるグラスを前に、百合野は釈然《しゃくぜん》としないまま、渋々《しぶしぶ》自分のそれを持ち上げたのだった。

◆

三カ月が経った。

Ｋ大学との研究開発は順調に進み、水素の化学反応を利用した燃料電池車も、多岐《たき》にわたる実験の結果、利点や問題点がほぼ洗い出されて、今後はそれをどう改善して実用化に繋げていくかという段階に入っていた。

水素を直接圧縮タンクに積載して燃料にすると、なんとエネルギー効率はガソリン車の二倍近くになり、騒音もほとんど出ないこともわかった。しかも電気自動車とは違い、走行時に化学反応を起こして電気エネルギーを得るので、充電の必要もない。

ただ、燃料になる水素を作り出す時に、思いのほかCO_2が排出されてしまうことや、ガソリンスタンドのように、どこで水素の供給をするかなど、コストの面も合わせて課題はたくさんある。

だが、研究心が旺盛な百合野にとって、それはやり甲斐のある仕事だった。

もちろん、その過程で眞山の尽力《じんりょく》は欠かせない。

というよりも、最近はプライベートな時間の時にすら、眞山と仕事の話をすることが多くなった。

眞山とは、もしもセックスや恋愛感情を抜きにして出会っていたら、とても有意義な関係を築《きず》けたのではないかと、百合野は思う。

眞山とは自分を飾らずに、本音で話ができるからだ。

もちろん今まで、自分を飾っていた自覚は百合野にはない。

だが、自分の性癖を恥じるあまり、やはり周囲に対して気後れしていた部分はあったと思うし、それは今でも変わらないはずだ。

ただこの三カ月間、眞山には徹底《てってい》して百合野が自発的に発言し、行動することを求められた。そのせいで、他の人間には聞かせられないようなことも口にしたし、思い出すのも恥ずかしい痴態《ちたい》も晒した。それゆえ、今さら眞山を前にして何をどう取り繕《つくろ》う必要もなく、本音でぶつかれるのかもしれない。

でも、だからといって、眞山に対して恋愛感情を持つようになったかというと、けしてそうではない。

眞山と躰を重ねるたびに得られる快感は、常に濃密で深い官能を百合野にもたらすが、相葉の時のように結ばれる至福に酔うことはないのだ。

『百合野はさ、贅沢なんじゃない？』

「贅沢？」

『本音でぶつかれる相手がいるっていうのは、それだけで幸せなことなんじゃないの』

電話で話をしている時に、折原にこんなことを言われた。

「そう…なのかな」

『そうだよ』

「でも、先輩には、言いたいことの半分も言えなかったけど……それでも幸せだった」

電話の向こうで、折原が嘆息するのが聞こえた。

『だったら、眞山さんとは？　眞山さんと一緒にいても、百合野は少しも幸せを感じないの。楽しかったり、嬉しかったりすることはないわけ』

「それは、少しはあるけど…。仕事中、実験やテストが上手《うま》くいった時とか、思わず肩を叩き合って喜ぶこともあるよ」

『だったら…』

「でも、違うんだ。先輩の時とは、全然違う」

『百合野……。百合野はまだ、眞山さんのこと、許せないの』

「えっ」

百合野は折原が、眞山が強引にチームメンバーになった時のことを言っているのだと気づいて、すぐさま否定した。

「そんなことはないよ。それはもう気にしてない。眞山さんも、基本は悪い人じゃないって思えるようになったし…。でも、やっぱり、何かが違うんだ」

眞山と一緒にいると、百合野は時々、無性に不安になる。

幸せな気持ちどころか、自分が自分でなくなっていくような…苛立ちにも似た、落ち着かない気持ちにさせられることのほうが多いからだ。

折原は、それをいい傾向《けいこう》だと言うが、百合野にはそうは思えない。

だからといって、それもこれも三カ月後、研究チームが解散になるまでの我慢だ、と。

その時がくれば、眞山とはきれいさっぱり別れられるのだ、と。

そこまで割り切ることも、今の百合野にはできないのだ。

いったい自分にとって、眞山という男はどういう存在なのか。

考えれば考えるほど、百合野はわからなくなっていく。

そして、わからないことに、また苛立ちを感じてしまう日々が続いて――

相葉がデトロイトから緊急帰国したのは、まさにそんな時だったのである。

◆

「百合野くん。この間、提案書に書かれていた光触媒《ひかりしょくばい》についての考察、進んでる？」

山下課長に聞かれて、百合野はパソコンの画面から目を離した。

「あ、はい。今、眞山さんのほうで選別してもらった資料の中から、使えそうなものをピックアップしているところです。明日には形にできるかと思います」

「そう。だったら大丈夫ね。いつもながら仕事が速くて助かるわ。眞山先生も今は大学のほうがお忙しいんでしょう。無理されてらっしゃらないといいんだけど」

「ええ。後期も始まりましたし、今はゼミの関係で時間を取られているようです。でも、来週には一段落されると伺ってますので」

「そうなの。ゼミなんて懐かしいわね。でも、眞山先生、こちらに来られないと、百合野くんとお昼が食べられなくて淋しいんじゃない」

「そんな…。別にそんなことは、ないと思いますよ」

「あら、そうかしら」

にっこり笑って言う山下に、百合野はかすかにうろたえる。

実は先週の土曜の夜、まさにそういう意味のことを、眞山に言われていたからだ。

『最近、きみが足りなくて淋しいよ……百合野くん』

眞山が臆面《おくめん》もなく甘ったるい台詞《せりふ》を吐くのには、もう慣れたが、こんなふうに仕事中にそれを思い出してしまうのには、どうしても慣れない。というか、百合野にとっては、もっとも避けたいことだった。

もちろん、社内では眞山も態度をわきまえており、妙なそぶりはけして見せない。

百合野の気持ちを汲《く》んで、あくまでも懐かしい昔の隣人として振る舞ってくれている。

だが、その反動なのか、二人きりの時の眞山はスキンシップが過剰《かじょう》になる。

ソファでぴったり密着して座りながら、髪の毛を梳いたり、啄《ついば》むようなキスしたり。

恋人同士ならそれも当然なのだろうが、今の百合野には正直、それは苦痛だった。

まだ、ベッドの中でなら、やり過ごすことも……――

「ああ。そういえば、知ってる？　明日、相葉くんがこっちに戻ってくること」

「……えっ」

あまりにもさらりと言われたので、聞き逃すところだった。

百合野は耳を疑った。

「あら、その様子だと知らなかったのね。だから明日帰国するのよ、相葉くんが」

「先輩が……帰国…？」

声が掠れ、目が大きく見開かれる。

その瞳に、山下の「そんなにびっくりしなくても」と苦笑する顔が映った。

「今回の件は、営業推進部でもかなり慌てて調整をしてるようだから、相葉くんも後輩のあなたに連絡してくる暇はなかったんじゃない？　そろそろプロジェクトも半年経つでしょう。これからが正念場《しょうねんば》って時に、本社《こっち》のリーダーが倒れて入院しちゃったんですもの、デトロイトでも大騒ぎだったでしょうね」

「それで…先輩が一旦こっちに帰ってきて、調整を…？」

震えそうになる声を必死に堪えて、百合野が尋ねる。

山下は「う〜ん…」と腕を組んで唸った。

「一旦っていうか、急遽《きゅうきょ》、相葉くんが代役を務めることになったみたいよ」

「だ、代役って……だったら、先輩はずっとこっちで、リーダーを⁉」

「たぶんね。しばらくはそうなるんじゃない。倒れたリーダー…確か呉本《くれもと》課長だったかしら、肝炎《かんえん》だって聞いたから、退院してもあまり無理はできないでしょう」

百合野は声を失った。

だったら、いずれ相葉とは顔を合わせることになるだろう。

どんなに避けようとも、同じビルの中で仕事をしているのだ。逃れようはない。

「でも、相葉くんなら心配いらないんじゃない。向こうでもサブリーダーとしてバリバリやってるって評判のようだし、これでまた一気に株を上げること間違いなしよ」

黙ってしまった百合野を気遣うように、山下が明るく言う。

きっと、後輩として先輩のことを心配しているのだと思ったのだろう。

その時だった。

百合野の机の上で、携帯のバイブレーションが作動した。

見れば、ディスプレイにはメール受信中の表示が点滅《てんめつ》している。

そして、その送信者の名前は――

「あら、噂をすれば…ってやつね」

ドキンと心臓が鳴った。

次いで、それは締めつけられるような痛みに変わる。

ディスプレイには『相葉直毅』という名前がくっきりと表示されていた。

携帯のアドレス帳から、消したくても消せなかった名前が。

「よかったわね、連絡が来て。相葉くんも久しぶりに後輩のあなたと、お酒でも一緒に飲みたいんじゃない？　せいぜい旧交を温めて、先輩をねぎらってあげたら」

何も知らない山下の笑顔に、百合野は表情が強張らないよう必死で堪えた。

◆

一人で食事を終え、風呂に入り、リビングで読書をしながら時間を潰す。

ここ最近は眞山が多忙なせいで、平日の夜はこうして一人で過ごすことが増えた。

だが、今夜は文章が一つも頭に入ってこない。

理由はもちろん、明日の相葉の帰国のせいだ。

百合野はテーブルの上に置いてある携帯に目をやり、パタンと本を閉じた。

そして携帯を取り上げ、もう何度見たかわからないメールの文面に目をやる。

『プロジェクトの都合で、急に帰国することになった。悪いが時間を取ってくれないか。おまえに会いたい。会って話したいことがあるんだ』

相葉らしい簡潔《かんけつ》なメールだった。

だが、「おまえに会いたい」という一文が、百合野の心を激しく動揺させる。

もしも、これがなければ、相葉の話は仕事関係のものだと思うことができる。

でも、この一文があるせいで、百合野はいまだに返信できずにいたのだ。

「……情けないな。たったこれだけのことなのに」

百合野はそう独りごちて携帯を閉じ、それをきつく握りしめる。

わかりましたと冷静に承諾することも、会いたくありませんときっぱり拒絶することもできない自分が、どうしようもなく腹立たしく、情けない。

半年前、自分たちの関係はきれいさっぱり終わったのだ。

今さらそこに、なんの希望も期待も持てるわけがない。

なのになぜ相葉の一言に、こんなにも未練《みれん》がましくこだわってしまうのか……――

ピンポンとインターホンが鳴った。

百合野はビクッとして顔を上げた。

見れば時計の針は、二十二時を少し回った時刻を示している。

――いったいこんな時間に誰が…。

そう考えて、百合野はすぐに脳裏に思い浮かべる。

きみが足りないと言って淋しそうな顔をしながらも、情熱的に求めてくる男の顔を。

百合野は嘆息すると、気持ちを切り替えるように携帯をテーブルに置いた。

そして立ち上がり、インターホンへ歩み寄る。

だが、その耳に聞こえてきたのは、眞山の声などではなく。

「――俺だ、瑛一。入れてくれ」

うっすら雨に濡れた黒髪に、日焼けした精悍な顔立ち。

ラフな半袖《はんそで》シャツから覗くたくましい腕にも、こまかな水滴が滲んでいる。

タクシーから降りたら小雨が降っていたと言って、玄関先にドンと大きなバッグを置く相葉は、半年のブランクを感じさせない笑顔をこちらに向けた。それはまるで、二、三日、出張にでも行っていて、今帰ってきたというような錯覚《さっかく》に陥りそうな顔で。

百合野は声を失ったまま、震えそうになる手でタオルを差し出した。

「予定より早い便が取れたんだ。だから成田《なりた》に着いて、まっすぐここに来た」

相葉は受け取ったタオルでガシガシと頭を拭きながら靴を脱ぐと、勝手知ったる人の家とばかりに、リビングに足を進めた。

確かに床に置かれたバッグには、空港で付けられたタグがそのまま残っており、これが錯覚でも夢でもないことを百合野に教えている。

でも、あまりのことに頭がついていかない。明日、相葉と顔を合わせる覚悟をするどころか、メールの返信もまだできずにいたのだ。

「メール見てくれたんだろ？」

断定的に言って、相葉が後ろを振り返り、百合野を直視する。

途端に、躰が金縛《かなしば》りにでもあったかのように硬直した。

そうだった。相葉は百合野の意思に関係なく、自分の思うまま行動する男だった。

おそらく百合野が「会いたくない」と返信しても、しなくても、かまわずここに来ただろう。

何事にも消極的な自分とは違う、強引なほどの決断力と実行力。

自分は彼のそういう部分に強く惹かれていたのだということを、百合野はこちらを見つめてくる相葉の瞳の中に、まざまざと思い出す。

「……と…とりあえず、話の前に、何か飲みものでも…」

百合野は息苦しさから逃れるように、キッチンへ足を向けようとした。

だが、すぐにガシッと腕をつかみ取られ、引き留められてしまう。

「飲みものなんていい」

「先輩…っ」

「瑛一。俺たち、よりを戻さないか」

「えっ」

ドキンと心臓が跳ね上がった。

だが、思わず振り返ってしまったことを後悔しても、もう遅い。

グイッと間近に引き寄せられ、迫る相葉の真剣な眼差しに、心が鷲づかみにされる。

「向こうに行ってた半年間、俺はいろんな奴と付き合った。それこそ、女も…男もな」

その言葉に、つかみ取られた心が痛くて悲鳴を上げる。

女は別にしても、男はおまえだけだと言っていた相葉が、今、自分をつかんでいるこの腕で、何人もの男を抱いたのかと思うと、それだけで胸が潰れそうになる。

「そんなこと…聞きたくな…」

「いいから聞けよっ。いや…聞いてくれ」

相葉は抗う百合野を胸に抱き込んで、言葉を続けた。

「俺はな、瑛一…誰を抱いても、そのたびに思い知らされたんだ。やっぱり俺には、おまえしかいないいんだって」

ビクッと躰が震えた。

その耳に、信じられないような言葉が聞こえた。

「——愛してるんだ、瑛一。だから、やり直したい」

百合野は瞬間的に目を閉じた。

これは夢だ。

相葉と別れてから、何度も請《こ》い願った、自分に都合のいい夢。

だが、いくらそう思おうとしても、抱きしめてくる腕の強さも、胸の温かさも、鼓動も、匂《にお》いも…何もかもすべてが、相葉のものなのだと百合野に教える。

「…ごめん。半年も前にきっぱり別れておきながら、いきなりこんなことを言われても、面食らうだけだってことはわかってる。でも、言わずにはいられなかったんだ」

そう囁く少しハスキーな声に、髪を撫でてくる懐かしい大きな手に、熱いものが急激に込み上げてくる。

「……嘘……だ」

「嘘じゃない」

相葉は、百合野の閉じられた目から溢れてくる涙を指先で拭《ぬぐ》い、続ける。

「本当はもっと早くに話がしたかった。でも、メールや電話じゃなく、ちゃんとおまえに会って話がしたかった。でも、なかなか帰国するチャンスがなくて…。そうこうしているうちに本社のリーダーが倒れて、俺が代役に抜擢《ばってき》されたんだ。きっともう、おまえも話は聞いてると思うけど」

「…直毅……先…輩…」

百合野はゆっくりと目を開いた。

その目に、相葉の笑顔が映る。

「――運命だと思ったよ」

「…運…命？」

声が震えた。

と同時に、間近の相葉の顔に、違う男の面影が残像のように重なった。

百合野の眉根が険《けわ》しく寄せられる。

それをどう取ったのか、いつもは自信に満ちあふれた相葉が、照れたように目を逸らした。

「ああ。運命なんて、柄じゃないけどな。でも、これはチャンスだと思ったんだ」

「……そん…な……手…な…」

「え？　なんだって？」

百合野はふつふつと湧き上がってくる、怒りにも似た感情に突き動かされるように、相葉の躰を引き剝がした。

「そんな勝手なことを、言わないでくださいと……そう言ったんです」

「…瑛一…」

らしからぬ百合野の態度に、相葉は声を失い、瞠目《どうもく》した。

だが、それを見ても、百合野は自分を止められなかった。

「この半年間、僕がどんな気持ちでいたか……先輩はちっともわかっていない。先輩に『潮時だろう』って言われた時、僕がどれだけ傷ついて、ボロボロになったか…。本当は行かないでと、別れたくないと…そう言いたかったのを、必死で堪えていたことも」

頰に熱い涙が伝った。

百合野は唇を嚙みしめ、相葉を凝視する。

「……瑛一。だったら、おまえ……どうしてあの時、そう言ってくれなかったんだ」

相葉が絞り出すように言った。

「いや、こんなふうにおまえを責めるのは、お門違《かどちが》いだよな。でも、それがおまえの本心だったのなら、あの時、俺はそう言ってほしかったよ」

「言ってどうなるんです？　僕が行くなと言ったら、行かなかったとでもいうんですか」

「ああ。行かなかったと思う」

「嘘だっ…あっ」

言い募る躰が、相葉のほうへ強く引っ張られ、抱き竦められる。

「嘘じゃない、瑛一」

「嫌ですっ…放して…放してくださいっ」

「ごめん。こんなに泣くほど、つらい思いをさせて」

「嫌だ…っ、嫌…っ」

だが、抗えば抗うほど、相葉はきつく百合野を抱きしめてくる。

まるでこうすれば、半年間の空白を一気に埋めることができるとでもいうように。

「愛してるんだ、瑛一。おまえだけを」

「…ずるい…っ、先輩は…ずるい、う、んんっ…」

唇を塞がれた。

それは二度と叶うことがないと思っていた、相葉からの情熱的なディープキス。

強引に歯列を割り、舌を絡《から》めて、息ができなくなるほどきつく吸い上げられる。
それが切なくて、苦しくて。
でも、否応なく深く酩酊《めいてい》させられて、全身が甘く崩れていく。
「…や……ぁっ…先輩…」
ガクッと膝が折れたところを相葉に支えられ、ソファに押し倒された。
そのままのしかかってくる重みに、ジン…と背筋が痺れる。
駄目だ。躰はまだ、相葉が与えてくれる官能と至福を、はっきりと覚えている。
どんなに相葉を身勝手だと思っても、心の底から拒絶することなどできやしない。
「瑛一……もう二度と、淋しい思いはさせない」
だが、熱い吐息の中、囁かれた言葉に、百合野は一瞬大きく目を見張る。
相葉の肩越しに、細く目をすがめた眞山の姿が浮かんだからだ。
『きみが足りなくて、淋しいよ……百合野くん』
遠く、雷鳴が聞こえた。
と思う間もなく、頭上の電気が明滅《めいめつ》して消え、眼前の面影もまた暗闇に溶けて消える。
――眞山さん…っ。
百合野は相葉の腕の中、思わず躰を硬くした。
その耳をくすぐるように、含み笑いが聞こえる。

「ただの停電だろ。大丈夫だ、すぐに点くさ。…っていうか、雷《かみなり》も気を利《き》かせてくれたんじゃないのか」

「そんな…あっ…」

勢いよくシャツをたくし上げられ、いきなり胸をまさぐられる。

指でキュッと乳首をつままれながら、押しつけられた腰を淫らに回されると、それだけで躰の芯が熱く燃え立った。

「久しぶりだものな。目いっぱい優しくしてやるよ」

相葉の手が、脇腹をなぞるようにして百合野のズボンに滑り落ち、そして…——

「…あぁっ、先輩…っ…や、ぁあっ…」

窓の外に、稲妻《いなずま》が青白く光るのが見えた。

百合野はきつく目を閉じた。

◆

窓から差し込む西日に、紫煙が透き通るように揺れる。

十年前のあの日も、眞山《まやま》はこんなふうに手元の煙草ばかりを見つめていた。

『ごめん…薫《かおる》。俺、こんなつもりじゃなかったんだ』

『だったら、どんなつもりだったんだ？　ずっと俺に隠し通すつもりだった、とでもいうのか』

『違う。そうじゃない。時期を見て、ちゃんと話そうと…』

『時期？　時期っていつだ？　だったら、やっぱりそれまでは二股かける気でいたんだろう』

『違うっ』

『違う…？』

フーッと煙を吐き、見返した彼の顔が蒼白《そうはく》だったのは、今もはっきりと覚えている。

『――だったら選べよ。俺か…あいつか…。今ここで、はっきり決着をつけろ』

腹の底から絞り出すような、自分の声も。

こちらを直視できず、急いで逸らされた眼差しも。

『そんな…っ。今ここでだなんて、無茶《むちゃ》…』

『無茶だとは言わせない。おまえは、俺とあいつと、いったいどっちを取る気だ⁉』

『やめて、薫…っ。もうこれ以上、僕を追いつめないでっ…』

眞山がまだ、院生の頃のことだった。


「……先生…？　眞山先生？　どうされたんです。ぼんやりして」

明るく響く声に、眞山はハッとして窓に向けていた目を横に流す。

いつの間にか喫煙室《きつえん》には、環境学部の部下である講師の柴田《しばた》が入室してきていた。

「…ああ。すまない。ちょっと考え事をしていてね」

そう答えると、柴田は「もしかして、例のマツナミの研究チームのことですか」と言って目を細め、煙草に火を点ける。

「このところ忙しくて、なかなか様子も見に行けなかったですもんね。せっかくリキ入れてらしたのに」

「いや…昨日、久しぶりに少し顔を出したよ」

「あ、そうでしたか。…って、その割に浮かない顔をされてますね。何か向こうで問題でもあったんですか？　実験が上手くいってないとか」

何げない柴田の一言に、灰皿に煙草の灰を落とす眞山の手が、一瞬止まる。

「……いや、上手くいってるからこそ、もっと足を運びたいんだよ」

「ああ、なるほど。研究者としての血が騒ぐってやつですか」

そう言って柴田は、気持ちよさそうに紫煙を吐く。

眞山はそのままギュッと灰皿に煙草を押しつけた。

「まぁ、そうは言っても、今は大学も目が離せない時期だからね。柴田くんにも申し訳ないが、まだしばらくは忙しい思いをさせてしまうと思う」

「いえ、僕は全然かまいませんよ。先生のお力になれるなら、このぐらい、なんてことはありません。どんどん使ってやってください」

にこやかな笑顔を向ける柴田に、眞山もまた微笑む。

「ありがとう。…じゃ、先に行ってるよ」

眞山は白衣のポケットに煙草とライターを入れ、喫煙室を後にした。

パタンとドアが背後で閉まる。と同時に、眞山の口から深い嘆息が洩れた。

昨日――時間の都合をつけてマツナミに出向いた眞山は、数日ぶりに顔を合わせた百合野を前に、激しい既視感《きしかん》に襲われた。

『今ここで、はっきり決着をつけろ』

十年前、そう口にした時の彼の表情と、百合野のそれとが、あまりにも酷似《こくじ》していたからだ。

眞山を直視できず、急いで逸らされた眼差し。

青ざめた頬に、きつく結ばれた唇。

それが何ゆえなのか――知るのは簡単だった。

相葉の帰国。

三年の予定でデトロイトに出向した彼が、病気で倒れた本社リーダーの代役として抜擢され、急遽帰国したことは、マツナミの社員たちの間でも噂の的だったからだ。

「……因果《いんが》は巡る…とは、こういうことをいうのかもしれないな」

そう独りごちて、眞山はもう一度深く息をついた。


「できれば今夜、きみの家で話がしたい」

そう言う眞山に、百合野からは「いいえ。僕がそちらに伺います」と、まるでけじめをつけるかの如《ごと》き、きっぱりした返答が帰ってきた。

それすらも考えたくない一つの方向性を示しているようで、眞山は気持ちが塞いだ。

先週会った時には、百合野の態度はいつもと変わりがなかった。

ということは、彼にとってもこの事態は寝耳に水なことだったに違いない。

だから、激しく動揺しているだけだ。

別れた彼氏が、突然舞い戻ってきた…それも百合野のほうは、けして嫌いで別れたわけではないのだから、気持ちが乱されるのは当然だろう。

だが、いくらそう思おうとしても、眞山の心は晴れない。

そして、その懸念は夜、確信へと変わった。


「すみません。……眞山さん」

スーツ姿の百合野は、リビングに立ったまま、そう言った。

座りなさいと勧めても頑なに固辞《こじ》し、目線を床に向けたまま。

その姿に、眞山は眉根を寄せ、背もたれに深く寄りかかった。

「……なぜ、きみがわたしに謝らなければならないのかな」

百合野の肩がビクッと震えた。思わず眞山を見つめてしまった目が、うろたえるように左右に揺れ、唇が嚙みしめられる。

痛々しかった。

相葉という男は、何事にも積極的で思いきりのいい性格だと聞いた。

おそらく、いい意味で自分本位の自信家で、強引な男なのだろう。

百合野は自分とは正反対の、そういう部分に強く惹かれたのだと言った。

そんな男が、もしも心変わりをして、百合野をもう一度自分のものにしようとしたら、いったい彼はそれを拒めるだろうか。

眞山はそう自問して、即座に答えを出す。

「百合野くん…。きみが謝る必要なんて、どこにもない。なぜならわたしたちは、恋人同士として付き合っていたわけではないんだからね」

眞山が静かにそう言うと、百合野は茶色みがかった瞳を大きく見開いて、再びこちらを見つめた。

驚くのも無理はない。

百合野はまだ、謝る理由はおろか、何も説明していないのだから。

だが、眞山はかまわず続けた。

「だってそうだろう。わたしが一方的にきみを好きになって、関係を強要していたんだ。きみはそれに付き合わされていただけのことじゃないか。気に病《や》む必要は、何もない」

「………眞山…さん。…でも…」

掠れた声でそう言って、百合野はその先が続けられず、口を閉ざす。

眞山と一緒に過ごす時間が増えてから、百合野はかなり率直にものが言えるようになった。というか、仕事をしている時は、こちらが驚くほど的確な意見を躊躇せず口にできるのだから、彼本来の資質はけして消極的ではないはずだ。

それは、頑ななまでに一途で実直な性格からも、推《お》し量《はか》ることができる。

ただ、自分の意思よりも、相手の気持ちや周囲の目を気にしすぎてしまう部分が強いために、彼を受け身な人間にしてしまっているだけなのだ。

だから眞山は、わざと百合野の気持ちを逆撫でするかのように振る舞ってきた。

そのせいで、百合野は苛立ちまぎれではあるが、本音でぶつかることに、ためらいを見せなくなった。

そして、そんな百合野の変化を間近で感じられることが、眞山の喜びだった。

でも、その変化が信頼に変わり、愛情に成長するまでには、まだ時間がかかる。

ここで相葉に割って入ってこられたら、自分が敵うはずはないのだ。

「…百合野くん」

ただ名前を呼んだだけなのに、百合野は脅えたように顔を強張らせた。

彼にこんな表情はさせたくない。好きだからこそ…愛しいと思う相手だからこそ、本当はいつも微笑んでいてほしかった。

「――相葉くんとは、もう会ったんだろう？」

息をつめる百合野の手が、ギュッと握られる。

「……はい」

ややあって返ってきた答えに、眞山もまた爪《つめ》が食い込むほどきつく手を握った。

決定的だ。

相葉は百合野を抱いたのだ。

そして、彼はそれを受け入れた——その事実が、眞山を奈落《ならく》の底に突き落とす。

叶うなら、今すぐ相葉の元に駆けつけて、この拳《こぶし》でその顔を殴りつけてやりたかった。

半年も前に切り捨てて、今さら彼にこんな顔をさせるなと。

「…でも、眞山さん……僕は、先輩と…」

「よかったじゃないか」

「えっ」

「これもきみの一途な気持ちが、相葉くんに通じた結果だろう。まさに念願成就《じょうじゅ》、だな」

百合野の言葉をさえぎり、畳《たた》みかけるように眞山は言う。

彼の口から相葉と再び関係を持ったことを聞かされるのも、これ以上謝罪されるのも、今の眞山にはさすがに耐え難く忍びない。

だが、眞山は目の前で、自分と同じように辛苦《しんく》に耐えている百合野を見つめて思う。

彼につらい思いをさせているのは、何も相葉だけではない。

眞山自身《じぶん》の存在もまた、百合野を苦しめているのだと。

おそらく彼は今、相葉と眞山の狭間にあって、息をすることすら苦しいに違いない。

ならば今、自分が取るべき態度は一つ。

ここでまた、十年前のあの時と同じ過《あやま》ちを、繰り返してはならないのだ。

「実はね……わたしも引き際を考えていたんだよ」

淡々と眞山は言った。

否、うっすら微笑みさえ浮かべて。

「最近、きみに無理強いするのも、さすがに心苦しくなってきてね」

「…そん…な…」

「だから、ちょうどよかった。心置きなく、相葉くんと幸せになりなさい」

胸の内で逆巻く熱い感情を、ぎりぎりのところで押し止《とど》めて、眞山は言った。

そうでもしないと、目の前で唇を噛みしめている百合野を引き寄せ、抱きしめてしまいたくなるから。

見苦しいことを口にして、彼をさらに苦しめてしまうから。

「――――おめでとう。百合野くん」

祝福の声に、百合野の目が大きく見開かれる。

眞山はそれを、ただ静かに見つめていた。

◆

「…ったく。面倒だな」

聞こえてきた舌打ちに、うとうとしかけていた百合野の意識が引き戻された。

ベッドにうつ伏せたまま目を開けると、床に座った相葉がビールを飲みながら険しい顔をしているのが見えた。

その精悍な横顔に、百合野の胸がチクリと痛む。だが、てっきり自分のことをぼやいているのだと思った百合野は、相葉が書類の束《たば》を手にしていることに気づいた。

「先輩……どうかしたんですか」

「あ。悪い。起こしたか」

「いえ…。それより、それ…」

「ああ。これか?」

百合野の目線を感じ取ったのだろう。相葉は不機嫌さを隠しもせず、書類をバサリと床に放った。

「どうもこうもない。本社《こっち》のお偉方《えらがた》の悠長《ゆうちょう》な言い分に腹が立ってるだけさ。米国《むこう》の厳しい現状をわかってるつもりで、まるでわかってない。なのに口だけは達者なんだ」

相葉が帰国してもう十日が経つ。

彼が参加しているプロジェクトは、簡単にいうと、米国の自動車市場における、マツナミの新型ハイブリッド車の販売促進《そくしん》だ。

半年前、彼はこのプロジェクトチームの本拠地デトロイトへ、サブリーダーとして赴任《ふにん》した。そして、そこでの活躍と実績を買われて、本社リーダーの代役を務めることになったのだ。

「いくらアメリカじゃ日本のハイブリッド車の評価が上がってきてるっていっても、こう景気が悪いと、どうやっても売上は落ちる。その上、向こうは州によって温暖化や資源の枯渇に対する危機感にかなりの温度差があるからな。リッター二キロの恐《おそ》ろしく燃費の悪いアメ車でも、これじゃなけりゃ乗らないって言う奴らはまだまだ多い。この半年間で、俺はそれを肌で感じ取ってきたんだ。なのにこっちに帰ってきてみれば、上の連中は通り一遍《いっぺん》に売上売上って、金の話を数字でしか判断しないときてる」

一気にそう言って、相葉はグイッとビールの缶を傾けた。

そして、険しい顔つきに無理やり笑みを浮かべた。

「悪いな、瑛一。いきなりこんなに遅くにやってきて、立て続けに抱かれるわ、愚痴《ぐち》を聞かされるわじゃ、たまったもんじゃないよな」

「先輩…」

百合野は、うつ伏せたまま、肘《ひじ》をついて相葉を見つめた。

「でも、実際アメリカの自動車業界は、低迷の一途《いっと》を辿《たど》っていることは確かですよね。ということは、何がなんでもアメ車に乗るという人口は減りつつあるんじゃないですか」

「あ…ああ。そりゃ、相対的に見ればな」

「アメリカもテロ以降、中東に流れる金には過敏になっていると聞きました。わざわざ燃費の悪い車に乗って、石油の輸入を増やすような真似はしないよう、各地でキャンペーンも行われているとか…。ですから日本のハイブリッド車が注目されるのも、時間の問題でしょう」

「ああ。だから、そこをいち早く叩いて結果を出せ、ってのが連中の考えることさ」

「そうでしょうね。利益を追求してこその会社ですから。でも…問題はその後です」

「その後？」

「そう遠くない将来、ガソリンは枯渇し、ハイブリッド車も使えなくなる。そこを見据えて、僕たちはこれからの自動車産業を考えていかなくてはならないんです」

そう言って百合野は、それが眞山の口から出た言葉だということに気づき、唇を噛む。

胸の奥が沁みるように痛んだ。

「今のおまえのその言葉、上の奴らに聞かせてやりたいぜ。やれ温暖化防止だ、CO_2削減《さくげん》だと表面上は言ってるが、結局は目先の金のことしか考えてない奴らにな」

「でも、先輩…。その目先の金がなければ、研究も開発もままならないのが現状です。僕ら開発部の人間にとって、次世代車を作り出すためには、いくら資金があっても足りないぐらいですから」

百合野がそう言うと、相葉は驚いたように目を見開き、そして苦笑した。

「…ったく。おまえには正論を吐かれても、少しも腹が立たないのはなぜなんだろうな」

相葉はビールを飲み干すと、立ち上がり、百合野の横に座った。

そして、百合野の顎を指で持ち上げる。

「それにしても、瑛一…おまえ、なんだか雰囲気が変わったな。そんなにはっきり自分の考えを口にする奴だったか」

「そうですか。自覚はないんですけど…。気に障ったのなら気をつけます。すみません」

「誰も気に障ったなんて言ってないだろう。むしろ、いい傾向だと思うぜ」

「えっ…先ぱ…ぅんっ…」

上から覗き込んでくる瞳に、男の情欲が揺れる。と思う間もなく、唇を塞がれ、肩を押されて、百合野は仰向けの体勢で相葉に組み敷かれた。

百合野はまだ裸《はだか》だが、相葉はすでにシャワーを浴びてワイシャツを着ているのだ。

なのに、また挑まれるのだろうか。

「……やっぱり面倒だな」

だが、相葉はひとしきり百合野の口腔を味わうと、半身を起こして嘆息する。

そして、フッ…と口元を緩ませた。

「そんな顔するな。これから家まで帰るのが、面倒だって言っただけだ」

顔がカッと熱くなる。

自分は今、いったいどんな顔をしていたというのだろう。

不安な顔か、それとも物欲しげな顔か、それとも…――

「…無理はしないでください。それでなくても先輩は忙しいんですから。連絡さえくれれば、僕が先輩の部屋に行ってもいいんです。そのほうが先輩も楽でしょう」

時刻はもうすぐ午前零時《れいじ》。終電も間近な時間だ。

相葉が今住んでいるのは会社が用意したという、駅からほど近いマンスリーマンションらしい。でも、さすがにそろそろここを出ないと、時間的にまずいだろう。

「無理なんかしてない。俺が好きでここに来てるだけだ」

相葉はそう言うと、ベッドから立ち上がった。

そして、サイドテーブルの上のネクタイに手を伸ばす。

「それに、おまえが俺の部屋に来るのは駄目だって言ったろ。縁談を断ったせいか、うるさくつきまとう女もいるんだ。もし、鉢合わせでもしてバレたら、やばいだろうが」

相葉の言葉に、百合野はゆっくりとベッドの上に起き上がった。

確かに相葉は専務の娘との縁談を断ったらしい。

そのせいで、にわかに社内の女性たちが色めき立っているのも事実だ。

自宅まで押しかけてくるような人間もいないとは限らない。

――でも…。

本当にそれだけで、相葉は百合野に「家には来るな」と言っているのだろうか。

「瑛一…やっぱりおまえ、変わってないな。不安がすぐに顔に出る」

先刻まで自分の上で荒々しく動いていたたくましい肉体をきっちりスーツに包み、相葉が苦笑してこちらを見る。

確かに女性なら誰しもがクラッとくるような、男の色気が滲む笑みだ。

「いらない心配はするな。ほかに女なんていない。俺はもうおまえだけだ。だから縁談も断ったんだし、結婚なんてしなくても、俺は実力でのし上がってみせる」

そう言いながら、相葉はベッドに歩み寄ると、百合野の頬を愛しげに撫でた。

「――愛してる、瑛一」

啄むように唇を奪《うば》われる。

それは半年前、夢にまで見た、相葉からの甘く優しいキスだった。

「時間が取れたらまた来る。じゃあな」

相葉はそう言うと片手を挙げ、満足げに部屋を出ていった。

バタンと玄関のドアが閉まる音がする。

だが、百合野はベッドに座ったまま、しばらく呆然として動けなかった。

相葉は「心配するな」と言ったが、はたして自分は今、心配をしていたのだろうかと。

確かに一瞬、相葉を疑いはした。以前ならこんな時、割り切ろうとしても割り切れず、嫉妬する自分を醜《みにく》いと蔑《さげす》むこともあった。

けれど今の自分の中に、そういう負の感情があるのかどうか、百合野には自信が持てない。

「……考えすぎだ。何を迷うことがある」

相葉がこんなにも真剣に、百合野だけを愛していると言ってくれているのだ。

それになんの不足があるだろう。

そう思う百合野の耳に、低く響く男の声がよみがえる。

『おめでとう。百合野くん。これもきみの一途な気持ちが通じた結果だろう』

ズキッと胸が鋭く痛んだ。

それを振り払うように、百合野はベッドから立ち上がり、バスルームへ向かう。

そうだ。

眞山の言うとおり、これはもっとも自分が望んでいた結末ではないか。

半年前の自分であれば、きっと涙を流して幸せを噛みしめていたに違いない。

なのに自分はあの時、何を求めて眞山に会いに行ったのか――

眞山には「本気で惚れている」と告白はされたが、半ば強要されて続けてきた関係だ。

それでも、曲がりなりにも付き合っているのに、相葉に抱かれてしまったのだから、まずはそれを謝罪したかった。

相葉とのいきなりの再会と告白に動揺して、勢いに流されてしまったのだと。

その上で、百合野は眞山に相談したかったのだ。

これからいったい、自分はどうすればいいのかを。

それなのに。

『よかったじゃないか。まさに念願成就、だな』

眞山は、百合野の言葉をさえぎるようにして、そう言った。

冷ややかな笑みを浮かべ、淡々と。

その表情に…言葉に、百合野は激しいショックを受けた。

と同時に、自分の浅はかさも思い知った。

どんな理由があるにせよ、こんなことを眞山に相談すべきではなかったのだと。

百合野はバスルームのドアを開け、中に入ると、シャワーの蛇口《じゃぐち》をひねった。

そして、熱い飛沫《ひまつ》の中に躰を浸《ひた》す。だが、いくら湯を浴びても、胸の痛みも、あの時の眞山とのやり取りも消えてはいかない。

『百合野くん。きみが謝る必要なんて、どこにもない。なぜならわたしたちは、恋人同士として付き合っていたわけではないんだからね』

眞山は話を聞こうとはしてくれなかったが、その代わり何一つ百合野を責めなかった。それどころか、祝福すらしてくれた。

心置きなく、相葉くんと幸せになりなさい、と。

そんな眞山の気持ちを無にしないためにも、自分は幸せにならなければいけないのだ。

この半年間で、相葉に対する自分の想いは、微妙に変わったのかもしれない。

でも、彼を嫌いになったわけでは、けしてない。それに相葉は以前のことが嘘のように百合野だけを見つめ、愛し、大切にしてくれている。

そして、そんな相葉と百合野の幸福を、眞山も望んでいるのだ。

「…だから、僕は……。…っ」

ドンッとバスルームの壁を拳で叩いたせいで、水飛沫《みずしぶき》が辺りに弾け飛ぶ。

何も迷うことはない。自分はただ、幸せになることだけを考えていればいい。

だが、そうとわかっているのに、なぜこんなにも胸が締めつけられるのだろう。

どうして脳裏に浮かぶ眞山の面影が、消えていかないのか――

肌を叩く熱い湯は、いつまで経っても百合野の心を温めてはくれなかった。

◆

マツナミの研究実験施設と、開発部のある社屋ビルは、五階の空中連絡通路で繋がっている。

「眞山先生。連日お忙しいところ、すみません」

大きなガラス張りの見晴らしのいい廊下を歩きながら山下がそう言うと、眞山は微笑みを浮かべて首を振った。

「大丈夫ですよ。大学のほうもだいぶ落ち着いてきましたし、こちらこそ午後からしか参加できず、恐縮です」

「でも、やはり電池の性能実験や燃焼効率テストには、眞山先生に立ち会っていただけると、その場でアドバイスをいただけるので、とても助かります。ねぇ、百合野くん」

「はい。もちろんです。いつもありがとうございます」

百合野はそう答えて、なるべく不自然に見えないよう頭を下げた。

K大学との提携契約期間終了まで、あと一カ月を切った。

このところ眞山は、午後からマツナミに顔を出すようになっていた。

表向きは多忙ということになってはいるが、おそらく百合野を気遣ってのことだろう。

午後から顔を出せば、百合野と一緒に昼食をとらずにすむからだ。

それまでは毎日のように昼食を共にしていたのに、いきなり中止すれば、周りから不思議に思われるだろうし、理由を聞かれても返答に困る。

仕事をしている時は今まで同様、公私混同しないよう気持ちは切り替えられるが、こんなふうに仕事の合間のふと気を抜いた時間が、百合野にはひどく息苦しかった。

でも、あんなことがあったのに眞山は表面上は以前となんら変わりなく接してくれる。だからせめて自分も同じようにしなければと思うのだが、どうしてもぎこちなさが拭えない。それに、あと数週間で眞山とも会うことがなくなるのだと思うと、胸の奥が軋むように痛むのだ。

「山下課長、すみません。野村《のむら》部長が、ちょっと第二研究室まで来てもらえないかと」

背後から声がして、三人は足を止めた。

「あら、どうしたのかしら…。すみません。百合野と先に戻っていていただけます？」

「ええ。かまいませんよ」

眞山がうなずくと山下は、百合野に目線を向けた。

「じゃ、百合野くん頼むわね」

山下はそう言うと眞山に会釈をして、呼びに来た社員と急ぎ足で戻っていく。

途端に百合野は、眞山と二人きりになったことを意識してしまった。

指先が震えそうになり、緊張に声が掠れる。

「あ……じゃあ、戻りますか…」

眞山さん、と言いかけて、携帯電話の鳴る音が聞こえた。

だが、それは百合野のものではなく。

「申し訳ない。大学からだ」

眞山はそう言うと、スーツのポケットから取り出した携帯を耳に当て、廊下の反対側へ移動した。百合野は山下に頼まれた手前もあり、眞山を置いていくこともできず、さりとてこの場に留まっているのも…と思い、連絡通路の端まで歩み寄ろうとした。

だが、百合野は数歩も行かないうちに、硬直するように足を止めた。

社屋ビルのほうから、社員が一人歩いてきたからだ。

「珍しいな。百合野、こんな所でばったり会うなんて」

珍しいどころではない。よりによって眞山と一緒の時に、どうして相葉が——

「いや、俺が研究棟に来るのが珍しいだけか」

固まる百合野の気持ちも知らず、相葉はくったくのない笑みを浮かべて、こちらに歩いてくる。しかも、背を向けて電話をしている眞山に一瞥《いちべつ》をくれると、相葉はぐっと顔を百合野に近づけてきた。

「どうだ、今夜？　時間が取れたんで、飲みに行かないか」

耳元で囁かれ、ビクッと肩が震えた。その途端。

「百合野くん、申し訳ない」

聞こえてきた声に、相葉はスッと躰を離し、姿勢を正した。

だが、百合野は動揺を押し殺す暇もなく、眞山に顔を向けることになって。

「わたしも山下さん同様、急用ができたので、これで失礼させていただいていいかな？　検証は明日でも大丈夫だったね」

「えっ…はい。大丈夫です」

「じゃ、失礼するよ」

そう言って眞山は、百合野の側に立つ相葉に目をやった。

背中がすーっと冷たくなる。

だが、相葉は営業マンの鑑《かがみ》のような笑顔で「お疲れさまです」と丁重に頭を下げる。

眼鏡越しの眞山の目がフッ…と緩み、百合野を捉えた。

その視線に、百合野の胸がきりきりと締めつけられる。

それはまるで眼前の二人を見守るような、温かい眼差しだったからだ。

「…お疲れ…さまです」

震えそうになる声でそう言うと、眞山は百合野と相葉に向かって会釈をし、社屋ビルに向かって歩いていく。

その背中に、胸の痛みがいっそうひどくなる。

相葉は眞山のことを知らないが、眞山は相葉のことを…百合野との関係を、知りすぎるほど知っているのだ。

なのにどうして、あんなふうに穏やかな表情ができるのか。

「あの人、例の提携大学のメンバーか」

「………」

「……百合野？」

肩を叩かれ、百合野はハッとして我に返った。

「あっ……ええ、そうです。環境学部の…眞山教授です」

「教授？」

相葉は目を見開き、ヒューッと口笛を鳴らした。

「そんな年には見えないな。いったい、あの男、幾《いく》つなんだ？」

相葉が眞山を「あの男」と呼ぶのも、興味深げに尋ねてくるのも、正直つらかった。

「三十五歳だそうです。先輩…すみません。僕も急ぐので…」

百合野はどうにかそれだけ答えて、相葉に軽く低頭する。

「あ…。ああ悪かったな。また夕方にでも、メールするよ」

百合野が社内で親しくされることに、いつまでも慣れないことを思い出したのだろう。

相葉は立ち去る百合野に、「じゃあな」と笑顔を向ける。

百合野は唇をきつく結んだまま、社屋ビルに足を踏み入れた。

そして廊下の角を曲がり、足元まである大きなガラス窓の前に来て、立ち止まる。

遠く、実験棟の廊下を颯爽《さっそう》と歩いていく相葉の姿が見えた。

百合野は窓の前の手すりにつかまり、その姿をじっと見つめた。

『信じられない。眞山さん、あんなにいい人なのに、なんで先輩とより戻すんだよっ』

耳に、責める折原の声がよみがえる。

『それで百合野は、本当に後悔しないわけ？』

後悔はしていない――百合野はその時、折原にそう答えた。

心の中で、後悔などできるわけがないと思いながら。

それに「わたしも引き際を考えていたんだよ」とまで言われてしまったら、今さら百合野に何ができるだろう。

その言葉を聞いた時の衝撃は、今でも鋭く胸を突き刺す。

でも、今だからこそ、あれは眞山の本心ではなかったのだとも思える。

百合野が自分から離れていきやすいように、わざと突き放してくれたに違いない。

でも、裏を返せば、責めることもなじることもせず、あっさりそう言えたのは、結局眞山にとって百合野が、それだけの存在でしかなかった、ということだ。

だ。

「……眞山さん」

小さく呟いて、百合野は息をつめた。

窓越しに望む来客用の駐車場に、眞山の姿を認めたからだ。

眞山は黒のＢＭＷに乗り込むと、ゆっくり車を発進させる。

ＢＭＷは、海外でも水素燃料エンジンの開発にいち早く取り組んでいる自動車メーカーだ。

実に眞山らしい車の選択だなと、百合野も助手席に座りながら思ったことがある。

でも、もうあのシートにもたれかかることは、二度とないのだ。

それが、どうしてこんなにも哀しいのか――

百合野は、駐車場を出て公道に消えていった黒い車体の残像を、いつまでもそこに見続けていた。

同じ過ちは二度と繰り返さない——そう心に刻《きざ》み、身を切られる思いで別れを口にしたはずなのに、なぜ百合野はあんな顔をしているのだろう。

眞山はハンドルを握りながら、最近の百合野の面影を思い浮かべる。

日に日に明るさを失い、笑顔を見せなくなった彼の顔を。

先刻も、見上げたビルの五階の窓に、相葉を見つめる百合野の姿があった。でも、それは遠目に見ても、恋人に向けられる幸せな表情には感じられず、眞山の胸は塞いだ。

あんな場所で相葉と眞山《じぶん》が鉢合わせをしたのだから、確かに百合野としては気が気《ま》ではなかったに違いない。眞山も、顔を寄せ合って話をしていた二人の親密な姿を目の当たりにして、心が乱れなかったと言えば嘘になる。

大学から緊急の呼び出しが入って、正直タイムリーだと思ったのも事実だ。

でも、自分が立ち去った後も、なぜ百合野はあんなに淋しそうな目で、相葉を見つめていたのか——眞山には、それがわからない。

そういう顔をさせたくなくて…百合野には幸せになってもらいたい一心で、胸に渦巻く感情のすべてを、微笑みの下に押し隠してきたというのに。

「忙しすぎて、相葉くんとは、あまり会えていないのかもしれないな……」

そう呟いて、眞山は思う。

自分なら、けして百合野を一人にはしておかないのに、と。

でも、それがわかっていてもなお、百合野は眞山ではなく、相葉を選んだのだ、とも。

「……ったく。未練がましいな、わたしは」

眞山は自嘲するように言って、ハンドルをきつく握りしめた。

好きだという気持ちを押しつけ、結果、最愛の人を追いつめて苦しめてしまう――

それは愛ではない。ただのエゴだ。

眞山は十年前、自殺未遂《みすい》を起こした恋人を前に、嫌というほどそれを思い知った。

恋人は眞山と同い年の男で、大学時代からの付き合いだった。

だが、眞山が院生として大学に残ったのとは逆に、恋人は卒業して社会人になった。

そのせいで、価値観に相違ができたのは、仕方のないことだったのだろう。

学生気分のままの眞山より、恋人のほうが早く大人になったのだ。

会社員として三年目にもなれば多忙にもなり、後輩の面倒も見なければならなくなる。

酒を飲んだついでに、仕事の話だけでなく、流れで恋愛相談を受けることもある。

そして、失恋話を聞いて慰めてやっているうちに、酒の勢いで押し倒され、間違いを犯《おか》して――

ノーマルな男が勢いで男を抱き、ゲイに目覚めてしまうことがある。

これはまさに、そのパターンだった。

同じ課の後輩ということで無下《むげ》にもできず、仕事に支障《ししょう》が出ないよう説得を繰り返すうちに、それが裏目に出て、後輩の男は恋人に夢中になっていったらしい。

眞山がおかしいと気づいた時には、男はストーカーまがいにつきまとうようになっており、それを避けるために、恋人は会社に退職届を提出して、ウィークリーマンションに移り住む手配を進めていたのだ。

だが、眞山はそのことを、事件の後で知った。

眞山は恋人の言うことに、何一つ耳を貸さなかったのだ。

後輩の男が半裸の恋人をベッドに押し倒している場面を見ただけで頭に血が上り、前後の見境がなくなってしまったからだ。

『だったら選べよ。俺か…あいつか…。今ここで、はっきり決着をつけろ』

追いつめられた恋人が自殺を図ったのは、それから間もなくのことだった。

そして、眞山は駆けつけた病院で思い知る。

無数の管《くだ》に繋がれ、ベッドに横たわる恋人の青白い顔を見つめて。

泣き崩れ、許しを請う後輩の男と、呆然として立ち尽《つ》くす眞山《まやま》との間にあって、彼はどんなにか悩んで苦しんで、恋人に助けを求めたかっただろう。

それからだ。

眞山が恋愛に対して、本当の意味で本気になれなくなったのは。

一夜限りの相手は数知れず、たとえしばらく付き合いが続いた時でも、眞山は相手に深く踏み込むこともなければ、踏み込ませることもしなかった。

それに不満を抱いて離れていっても、後を追うこともなかった。

ただ眞山はどんな相手に対しても、その都度《つど》優しく誠意を持って接してきた。

だから、癒しの眞山などと呼ばれるようになったのかもしれない。

そうして十年――眞山は贖罪《しょくざい》にも似た日々を送ってきた。

そしてそういう日々が、これからも続いていくのだと思っていた。

でも。

「……百合野くん…」

呟きとともに浮かんだ面影に、眞山はひたすら百合野の幸福を願った。

人を愛するという情熱《じょうねつ》を思い出させてくれた彼が、いつも笑顔でいられるようにと。

ただそれだけを願いながら、眞山は車を走らせていた。

◆

待ち合わせでもなんでもない。今夜は一人で飲みたい気分だったので――

そう言うと、マスターは驚いたように目を見開いた。そして、百合野が今夜はお任せでと頼んだカクテルを作りつつ、にこやかに微笑む。

「大変な進歩ですね、百合野さん」

「えっ……進歩…って」

「確か初めて来店された時は、こういう類《たぐい》のバーには来たことがないし、苦手だったと言われていたでしょう。なのに、お一人で飲みにいらしてくださるなんて嬉しい限りです」

その言葉に、今度は百合野が目を見開く。

言われてみれば、そのとおりだ。折原に初めてここに連れてこられた時は、ハッテン場の独特な雰囲気を勝手に想像し、怖《お》じ気《け》づいていた。

あれから七カ月。

その間に、なんと様々なことがあったのだろう。

「でも、ここはまさに、そういう方のためにあるバーですから、マスター冥利《みょうり》に尽きますよ。dolphinという店名も、それにちなんでつけたんです」

「そうなんですか。でも、イルカとそれと…いったいどういう繋がりが…」

「種類にもよりますが、イルカは本来一匹では生きていけない淋しがり屋の動物なんです。だから自然に群れようとする」

ドキンと心臓が鳴った。

自分の心の内を見透かされたような言葉に、百合野は思わず緊張する。

だが、マスターはそれには気づかないのか、グラスにカクテルを注ぎ、静かに続ける。

「この店は、そんなふうに集まってくる人たちの、憩《いこ》いの場になれたらいいなと思ってつくったんです」

琥珀色の酒に満たされた逆三角形のグラスの底に、ピックを刺したパールオニオンが沈められ、スッ…とカウンターに差し出された。

「ブランデーベースのキャロルというカクテルです。深みのある大人な味わいを、ゆっくり楽しんでください」

そっと口をつけると、言われたとおりなんともいえない豊かなコクが口の中いっぱいに広がる。確かにこれは、時間をかけてじっくり味わいたいカクテルだ。

そう思って、百合野はマスターの心遣いに気づく。

やはりマスターは百合野が何を求めてここに来たのか、察しているのだ。

「――折原さんから、お聞きしましたよ」

ビクッと手が震えたせいで、カクテルがグラスの中で揺れた。

さすがにいきなりズバリと切り込まれるとは、思ってもみなかったからだ。

「あともう少しで、マツナミの研究チームも解散だそうですね」

だが、彼の口から出た言葉は想像したものとは少し違った。

百合野は心の中でホッとしながら答えた。

「…ええ。ちょうど一週間後です」

「確か、ハイブリッド車の開発に関する研究でしたよね。成果のほどはいかがでしたか」

「お陰さまで当初の目標以上の成果が上げられて、チームも滞《とどこお》りなく解散できそうです」

「それはよかったです。だったら、余計に淋しくなりますね」

「ええ」

あまりにも自然に言われて…うなずいて、百合野は声をなくした。

余計に淋しくなる――それはいったい、なんに対する淋しさなのか。

百合野はもう一口、カクテルを飲んだ。

だが、胸の内に込み上げてくるやるせなさを、一緒に飲み下すことはできなかった。

「――もしかして、眞山さんのこと……後悔されているんですか」

百合野はハッと息をつめた。

そして、カウンター越しのマスターを見つめ、ややあって観念するように嘆息する。

「……以前、折原にも同じことを聞かれました。どうして先輩とよりを戻したんだと…。あんなにいい人なのに、眞山さんと別れて後悔しないのかと」

「それで、百合野さんはなんと？」

「後悔はしていない。そう答えました。でも…」

「でも？」

百合野はマスターに向けていた視線を、手元のグラスに落として答える。

「最近、なんだか無性に淋しくなるんです。もうじきチームが解散になり、眞山さんとも会えなくなるのだと思うと…。自分自身で決めたことなのに、今さら何を身勝手なと…未練がましいことをと責められても、仕方ないんですが」

あの時の自分の決断が間違っていたとは、けして思わない。

けれど、感情がそれについてこない。

そんな自分がやり切れなくて、腹立たしくて、百合野はここに足を運んだのだ。

もしかしたら、事情を知るマスターから叱責《しっせき》を受けるかもしれないと思いつつ。

いや、本当は誰かに叱責してほしかったのかもしれない。

なのに。

「百合野さん。それは別に身勝手でも未練がましくもない。むしろ、自然な気持ちなんじゃないですか」

「えっ」

思わぬ言葉に、百合野は弾かれたように目線を戻す。

マスターは使い終えたミキシンググラスを洗いながら、百合野に微笑んでいた。

「ほんの二、三カ月とはいえ、仮にもお二人は付き合ってらしたわけでしょう。だったら、淋しいのは当然だと思いますよ。それは、お二人の関係が、いいものだったのだという証拠にほかならない。嫌な相手と別れるのに、淋しいなんて思いませんからね」

「そんな…」

「確かに百合野さんは、眞山さんと別れて以前の恋人を選んだ。だから眞山さんに対して罪悪感を抱く気持ちもわかります。でも、お二人は憎み合って別れたわけじゃない。眞山さんも承知の上で、そうされたんでしょう」

「……マスター…」

「駄目ですよ。そんな顔をされてちゃ。眞山さんはきっと、百合野さんの幸せを一番に願っているはずです」

ズキンと胸の奥が痛んだ。

だが、マスターの諭《さと》すような口調は、その痛みを真綿《まわた》でくるむように軽減させる。

相葉と生きると決めた以上、後ろを振り返ってはならないと思っていた。

けして、心を乱されてはならないのだと。

百合野は込み上げてくるものを呑み込むように、グラスを傾けた。

「あと一週間…。今が一番つらい時かもしれませんね」

白と黒のストイックな制服に身を包み、カウンターの向こう側でそう言うマスターとは、まだ片手ほどしか話をしたことがない。

なのに、どうして彼の言葉は、この琥珀色の酒のように胸に沁みるのだろう。

「でも、そんな時はいつでも店にいらしてください。わたしでよければ、いくらでもお相手しますよ」

マスターはわかっているのだ。

折原にも、ましてや相葉にも眞山にも言えない、百合野の心情を。

後悔とも、未練とも言い難い、切ない胸の内を。

「……ありがとうございます…マスター」

掠れた声で言って、百合野はカクテルピックに刺さったパールオニオンを口にする。

カリッと口の中で砕《くだ》けたそれは、ほろ苦く、そしてかすかに甘い味がした。

◆

都内でも有数のホテルのラウンジに相葉が姿を現したのは、約束の時刻の五分ほど前のことだった。

長身で爽やかなスポーツマン系の躰をストライプのスーツに包んだ相葉は、ロビーからラウンジに向かって歩いてくる間にも、何人もの女性を振り向かせていた。

眞山はそれを認めて椅子から立ち上がると、歩み寄ってくる相葉に頭を下げた。

「お忙しいところ、お呼び立てして申し訳ありません」

「いえ…。確か、K大学教授の眞山さんでらっしゃいましたよね」

「ええ。申し遅れましたが」

そう言って眞山が名刺を差し出す。相葉はそれを丁重に受け取り、自分もまた名刺を差し出した。

「百合野からお噂はかねがね伺っております。今回の開発研究チームでは大変なご尽力をいただいたそうで。当社の営業マンとしても心強い限りです。ありがとうございます」

「こちらこそ。有意義な研究に参加させていただき、感謝致しております」

答えながら眞山が椅子に座ると、ボーイがオーダーを取りに来た。

それに迷わずエスプレッソを注文する相葉からは、動揺のかけらも見られない。

大学からマツナミに電話を入れた時には、さすがに驚きは隠せないようだったが、大学時代からの先輩である相葉に、百合野くんのことで個人的にお話ししたいことがあると告げると、相葉は快《こころよ》く時間を取ると承諾した。

その声にも、妙な含みはまったく感じられず、眞山は、百合野が自分とのことを何一つ相葉に話してはいないのだということを確信した。

「デトロイトから急にこちらに戻られて、しばらくは大変なご様子とお聞きしていましたが、最近はようやく落ち着かれたようですね」

「ええ。おかげさまで、なんとか山は越えました。一時は向こうもこっちも大混乱でしたから、寝る暇もないほどだったんですが…。でも、よくご存じですね。あ、百合野から聞かれたんですか」

「ええ。それもありますが、さすがに半年もそちらに通っていると、それなりに社内の話題は耳に入ってきます。しかも、研究対象だったハイブリッド車の米国販売展開のプロジェクトですからね。大学のメンバーともども、動向は気になっておりました」

「そうでしたか。皆さんにそんなに注目していただいていたとは知りませんでした。これはますます頑張らないといけませんね」

そう言いながら、相葉は営業スマイルとは思えないような爽やかな笑顔を向ける。

そして、運ばれてきたカップに手を伸ばす。

「それで？　今日は百合野のことで、何かお話があるとか…」

「ええ」

眞山はボーイが立ち去り、相葉が一口エスプレッソを飲み下すのを待って、ガラリと口調を変え、言った。

「――百合野くんを……彼をもっと、幸せにしてやってほしい」

カシャンとカップがソーサーの上で音を立てる。

相葉は大きく目を見開き、眞山を凝視した。

それを真正面から受け止めて、眞山は静かに、だが、断固たる口調で言う。

「仕事が落ち着いたのなら、百合野くんと会う時間は取れるんだろう。だったら、彼にあんな淋しそうな、暗い顔をさせるんじゃない」

「……眞山さん。あなた…いったい…」

「相葉くん。八カ月前、きみが百合野くんと別れた後、彼はずっと一人でいたわけではないんだよ」

眞山の言葉に、相葉は息を呑み、そして声を上擦《うわず》らせる。

「…付き合っていたって…いうんですか？　百合野が……あなたと」

「ああ。きみが帰国してくるまでの、数カ月だが」

うなずくと、相葉はさらに驚愕《きょうがく》の色を濃くし、眉根を寄せた。

「信じられないのも無理はない。彼は先輩のきみと付き合うことにすら、人一倍警戒心を抱いていたからね。いつ会社の人たちにバレやしないかと。だから、取引先の相手と関係を持つなんて、昔の彼からしたらありえないことだったろう」

そこまで言って、相葉はようやく眞山の話を信じる気になったようだ。

百合野が男同士の付き合いに対して、ひどく臆病なことを知っている人間は数えるほどもいない。なのに、どうしてこの眞山という男は、それを知っているのか――

相葉の瞳に、警戒と敵対心の火が灯る。

それを見つめながら、眞山はさらに言葉を続けた。

「でも、そのありえないことを百合野くんにさせるほど、相葉くん……きみは彼につらい思いをさせたんだ。だから、きみには彼を幸せにする義務がある」

言い切った後、二人の間に、しばし沈黙が訪れる。

それを破ったのは、相葉の嘆息と苦笑だった。

「……そういうことだったんですか。何か妙だな…とは薄々思ってましたよ。瑛一の奴、どことなく雰囲気が変わったなって…。それに最近、あまり笑わなくなったし」

そう言って相葉は腕を組んで、椅子の背もたれに寄りかかった。

そして、三つ揃《みぞろ》いの茶のスーツを粋《いき》に着こなしている眞山に対して、斜《しゃ》にかまえる。

「でも、百合野が暗い顔をしているのは、あなたのせいなんじゃないですか……眞山さん」

「わたしのせい？」

「だって、そうでしょう。振った相手と……いや、失礼。別れた相手と、職場で毎日顔を合わせなければならないなんて、百合野じゃなくても気が滅入《めい》りますよ」

「もちろん、それは否定できない」

嫌味を隠しもせず言う相葉に、眞山は深くうなずく。

「でも、きみも自覚はしているんだろう。自分といても、百合野くんが笑わないことを」

相葉の顔からスッと表情が消えた。

その口元が、苦虫を噛み潰すかのように歪む。

「……でも、結局あいつはあなたと別れて、俺を選んだわけでしょう。だったら今さら、あなたの出る幕じゃないと思いますが」

「同感だね」

眞山は当然のように首を縦に振った。

そして、テーブルの上に置いてある、車のキィに手を伸ばす。

「ならば、もっと彼を幸せにしてやりたまえ。でなければ、わたしは容赦なくきみから百合野くんを奪う」

眞山はそう言うと、椅子から立ち上がった。

もしも自分が口を出すことで、彼が百合野を責めるようなことがあれば本末転倒だと、眞山は最後まで相葉との接見を迷っていた。だが、三日後に迫った別れを前に、自分ができることはもうこれぐらいしかないと、気持ちを固めたのだ。

そして今、自分の選択は正しかったのだと、眞山は思う。

少なくとも相葉は、そんな心ないことをするような人間ではない。

相葉は頭のいい男だ。でなければ、寝耳に水のこんな話を聞かされたら、もっと感情的になって眞山に食ってかかっても不思議ではない。

それに何より彼の瞳には、百合野に対する強い情熱が感じられる。

「わたしが言いたいのは、それだけだよ。相葉くん」

握りしめたキィが、手の中で軋んだ音を立てた。

◆

珍しいなと思った。

最近、相葉は急用が入って家に来られなくなった時は、必ずといっていいほどその理由を記したメールを送ってくる。百合野にいらない誤解や心配をさせないためだろう。

だが、今日はよほど急ぎだったのか、「行けなくなった。ごめん」という簡潔な謝罪メールが届いただけだった。

「でも、かえってよかったかな…。今日中に、この書類を仕上げてしまえるし」

百合野はそう独りごちて、分厚い資料のページをめくった。

研究チームもあと残すところ三日。

最終日は午後から解散式になるので、実質作業できるのは二日半ということになる。

それまでに、眞山が最後に提案してくれた、高圧水素容器の重量軽減に関する様々なアイディアを、報告書に組み込まなければならない。

本来ならこういった分野は工学系の専門知識がなければ、アドバイスは難しいものだ。

それだけに百合野は眞山の素養《そよう》の深さに驚き、また最後まで仕事に誠意を尽くしてくれる心根に感謝しつつ、せめてそれをベストな形で提示しようと頑張っていた。

「百合野。俺、終わったからそろそろ帰るけど、おまえのほうは？　大丈夫か」

斜《なな》め向かいのデスクから立ち上がった同僚から声がかかる。

「ああ。全然。あと一時間もすれば出来上がるから、気にしないで先に上がっていいよ」

それに答えて百合野が明るく言うと、同僚は「そうか。じゃ、お先に」と笑顔を返して、スーツの背広に袖を通す。

「お疲れさま」

百合野に手を挙げ、同僚が帰っていくと、途端に辺りが静かになったような気がした。

見れば開発課のフロアに残っているのは、百合野を含めもう数人しかいない。

そういえば、今日は定時退社推進日だったのだと、百合野は今になって気づく。

なので研究チーム以外の部員たちは、あらかた退社してしまったのだろう。

百合野もなるべく早めに仕事を上げようと、再び資料に目を落とした――その時。

デスク近くの電話が鳴った。

百合野は資料を持ったまま、手を伸ばして受話器を耳に当てた。

「はい。環境技術開発課です」

答えると、女子社員の声が聞こえてきた。

『K大学の事務局からお電話が入っております。お繫ぎしても、よろしいですか』

「ええ。繫いでください」

百合野の返答に、受話器から「もしもし」というどこか緊迫した男性の声が聞こえた。

「お電話代わりました。環境技術開発課の百合野です」

『あ、いつもお世話になっております。事務局の多田《ただ》と申します。あの、さっそくですみませんが、そちらに誰か、うちのメンバーは残っておりませんか』

「いえ。先ほど皆さんお帰りになりましたが…。そうですね、今から二十分前ぐらいでしょうか」

そう答えると、多田はこちらにもはっきりとわかるぐらい、落胆の声を上げた。

『そうですか…。いや…誰か一人ぐらいは、と思ったんですが』

嫌な予感がした。

受話器を握る百合野の手が、じわりと汗ばむ。

「あの、何かあったんですか、大学のほうで？」

尋ねる百合野に、多田は「いえ…」と一瞬ためらった後、言葉を続けた。

『――実は今し方、警察からうちの眞山教授が事故に遭って、東斗《とうと》総合病院に運ばれたという連絡が入ったんです』

すぅ…っと血の気が引いた。

「…眞山さんが……事故に？」

声が震え、全身が凍りついたように硬直する。

『ええ。眞山の運転していた車が、トラックと衝突《しょうとつ》したらしいんです。詳《くわ》しいことはまだわからなくて、わたしどももひどく心配しているところで』

「トラックと……衝突……」

目の前が真っ暗になった。

百合野は受話器を握りしめ、もう片方の手をデスクについて、ふらつく躰を支えた。

『今、こちらから事務の者を病院へ向かわせてはいるんですが、マツナミさんなら東斗までは近いですし、チームメンバーにも至急知らせて、誰かを行かせ…』

「――わたしが行きます」

声が掠れたが、それでも百合野はきっぱりと言った。

「わたしがすぐに出向きます。メンバーの方々には、多田さんから個々に携帯に連絡を取ってみてください。わたしも状況がわかり次第、そちらに連絡を入れます」

『でも、それでは百合野さんが…』

「眞山さんには、一方《ひとかた》ならないお世話になりました。だから、できる限りのことはしたい。それに今は緊急事態です」

短い言葉の中に、儀礼《ぎれい》ではない百合野の真剣な気持ちを感じ取ったのだろう。

電話口から聞こえてくる多田の声は、安堵と感謝が込められていた。

『そうですか。わかりました。助かります。百合野さん。どうかよろしくお願いします』

電話を切ると同時に、百合野は椅子の背もたれからスーツの上着を取り上げた。
そしてデスクから急いで携帯や財布《さいふ》を手に取る。
その脳裏に「百合野くん」と優しく呼ぶ、眞山の面影が浮かんだ。
途端に、百合野は足元からくずおれていくような喪失感《そうしつ》に襲われた。
「…眞山さん…っ」
それを小さく叫ぶことで、どうにか持ちこたえ、百合野は唇を噛みしめる。
嫌だ。
こんな形で眞山を失うのだけは、嫌だ。
仕事が終われば、眞山との繋がりも絶《た》たれる。それは覚悟していた。
でも、それと、眞山の存在自体を失ってしまうのとは、わけが違う。
もしも今、眞山さんが…――そう考えて、百合野は強く首を振る。
駄目だ。そんなふうに考えてはいけない。
信じなければ。
今は、眞山の無事だけを信じて…祈って。
百合野はそう自分を奮《ふる》い立たせると、思い切るように顔を上げ、出口へと駆けだした。

キキキッ…とタイヤの軋む音がして、百合野はハッと顔を強張らせた。

とっさに握りしめた手が、汗でじっとりと濡れる。

見れば車窓越しに、一台の車が猛スピードで対向車線を逆走していった。

「危ないなぁ。いくら渋滞《じゅうたい》してるからって、無茶な追い越しにもほどがある」

タクシーの運転手はそうぼやくと、バックミラーに映る百合野に頭を下げた。

「急いでるところ、すみませんね、お客さん。あと五分もかからないと思うんで」

「いえ…」

冷静に答えながらも、百合野の心臓はバクバクと激しく鳴っていた。

タイヤの軋む音に、かつての自分と眞山の応酬《おうしゅう》がよみがえったからだ。

『危ないじゃないですか、眞山さん！　何を考えてるんですかっ』

『何って、決まってるだろう。蟹を食べに行くんだよ』

そう言って眞山はにっこり笑い、いきなりUターンさせた車を空港へ走らせた。

あの時の笑顔が、迫りくるトラックに砕け散る――そんな幻影が、百合野の脳裏を掠めたのだ。

◆

――眞山さん…っ！
思わずギュッと目をつぶった。
その瞼の裏に、あの時の眞山の面影が次々と浮かび上がる。
人力車の俥夫に親子と間違われ、困惑する顔。
百合野が「お父さん」と呼びかけた時の、苦虫を噛み潰したような顔。
『すまない。きみを前にすると、どうしても気持ちを抑えきれなくなってしまうな』
自嘲ぎみにそう言って、緩くウエーブのかかった髪を掻き上げる、眞山の横顔。
そのすべての表情に、百合野の胸が締めつけられるように痛む。
――あの顔が…眞山さんのあの笑顔が、二度と見られないなんて、そんなことっ…。
「お客さん。着きましたよ」
運転手の声に、百合野は弾かれたように目を見開いた。
「東斗総合病院の、夜間玄関でいいんですよね？」
いつの間にかタクシーは、青白い水銀灯に照らされた乗降場に到着していた。
「ええ。そうです。ありがとうございます」
答えて百合野は急いで料金を払うと、タクシーから降り立った。
そしてライトアップされている、目の前の大きな建物を見上げ、ブルッと震える。
夜間の総合病院は、その存在だけで訪れる人の心を不安にさせる。

百合野は急《せ》き立てられるように夜間救急外来へ向かった。

「あの、すみませんっ。救急で運ばれた、眞山薫という男性は…」

窓口で尋ねると担当の男は、カウンターの書類を見ながら答えた。

「ええと…眞山さんね……。ああ、五階の整形外科病棟、五〇三号室ですよ」

「整形外科病棟？　手術とか、処置とかは、もう終わったんですか⁉」

「あいにく、ここでは詳しいことはわからないんですよ。あちらのエレベーターで五階に上がって、ナースステーションで聞いてみてください」

百合野は示されたエレベーターホールに足を向け、ホッと小さく息をつく。

てっきり眞山は手術中か、救急のＩＣＵで処置を受けていると思っていたからだ。

病棟へ上がったということは、命には別状がないということではないのか。

だが、百合野の安堵はエレベーターで五階に降り立ち、無人のナースステーションを前にしたところで掻き消える。

五〇三号室は、ナースステーションのすぐ前にある個室だったのだ。

——まさかっ…。

不吉な予感が、再び百合野の脳裏を駆け巡る。

ナースステーションに間近い個室は、重篤《じゅうとく》な患者《かんじゃ》か、手術後体調が不安定な患者が入室することが多い。

百合野は矢も盾もたまらず個室に歩み寄り、ドアの前で立ち止まった。

そして『眞山薫』と書かれたネームプレートを凝視し、息をつめてドアをノックする。

だが、病室の中から聞こえてきたのは「はい。どうぞ」という聞き慣れたテノールで。

「眞山さんっ！」

百合野は扉を引き開け、パーティションの向こう側のベッドまで、一気に駆け寄った。

「…百合野くん⁉」

眞山は頭と左腕に包帯を巻き、右腕には点滴《てんてき》という痛々しい姿でベッドに横たわってい
た。そしてその横では、バイタルサインを示すモニターが規則的な電子音を立てている。

だが、眞山の目は、しっかりとこちらを見つめている。

名前を呼ぶ声も、いつもの眞山の声だ。

それだけで百合野は、躰から力が抜けていくような感覚に囚われた。

「よかった…。眞山さんが無事で…本当に……よかった」

情けないほど声が掠れた。

驚いて百合野を見上げている眞山の顔が、ゆらゆらと揺れる。

「百合野くん、どうして、ここに？　まさか…」

「大学から電話があったんです。眞山さんの車が、トラックと衝突したと」

「大学から？」

「はい。話を聞かされて、生きた心地がしませんでした。ここに運ばれたというだけで、眞山さんの様子が全然わからなかったので」

「そうだったのか…。それは心配をかけたね。確かに車の損傷の割には、よく腕の骨折だけですんだものだと、医者にも驚かれたよ。相当、運が強かったと」

そう言って苦笑し、指し示す左腕には、ギプスがはめられている。

次いで眞山は、頭の包帯にも指を差した。

「ここも打つには打ったが、たいした怪我じゃない。まぁ、あちこち痛むところもあるし、慎重に経過を見なければ駄目だということで、個室《ここ》に入れられたんだが…。でも、まさかきみが駆けつけてくれるとは思ってもみなかった。大学の連中は、どうしたんだい」

「事務局の方が、今こちらに向かっているそうです。でもチームの皆さんは、ちょうど帰られたばかりで。僕も一人で残業している時に電話が入ったんです。でも、本当によかった…。もしかしたら、もう眞山さんに二度と会えないかもしれない。そう考えたら、目の前が真っ暗になって、躰中が凍りついて…」

「百合野くん…⁉」

「――――好きです」

頬に一筋、つぅ…と涙が伝った。

だが、百合野はそれを拭いもせず、息を呑む眞山を前に言葉を続ける。

「ここに来るまでの間、僕は何度もためらいました。今さらこんなことを言ってどうなるのかと…。言えば、眞山さんを不快にさせ、先輩をも裏切ることになるのだと…。でも、僕はもう後悔したくない。自分の本当の気持ちには、抗えなかったんです」

そう言って百合野はギュッと両手を握り、声を絞り出した。

「――好きです。眞山さん。僕は誰よりも、眞山さんが好きなんです」

眞山は絶句した。

次いで半身を起こしかけ、眉間に皺《しわ》を刻むと、そのまま深く嘆息して枕《まくら》に頭を沈める。

眞山が険しい顔をするのは当然だろう。

百合野は眞山の手を振り払って、相葉の手を取ったのだ。

なのに、今になってやっぱり眞山のほうがよかったなどと、よくも言えたものだとあきれられても仕方がない。

「身勝手なのはわかっています。今さら気づいたって、もう遅いってことも…。でも、眞山さんには、どうしてもこの気持ちを伝えたかった。言葉にして伝えることの大切さを、一歩踏み出す勇気を教えてくれたのは、眞山さん……あなただったから」

言い終えて百合野は、深く息をついた。

これでもう何もかもが終わりなのだと思った。

でも、不思議と悔《く》いはなかった。

眞山にも、相葉にも、なんと罵《のの》られようとも心から謝罪するしかない。

ただ、自分の本当の気持ちから目を背けて生きることだけはしたくないと、百合野は頬に伝う涙もそのままに、強く思う。

「こんな大変な時に、いきなりすみませんでした。でも、眞山さんの無事が確認できて、本当によかった…。これから大学へも連絡して…あっ！」

突然、手をつかまれ、引っ張られて、百合野の躰が傾く。

点滴の管が大きく揺れた。

それに気を取られた隙に、百合野はさらに眞山の近くに引き寄せられた。

「――まだ、遅くはない」

眞山の真剣な眼差しに、ドキンと心臓が鳴る。

こんなにも近くで眞山の顔を見たのは、久しぶりだった。

しかも今は眼鏡をかけておらず、黒い瞳が直に百合野を捉えている。

「百合野くん」

思わずゾクリとくるような低い声で呼ばれて、百合野は「あっ」と躰を萎縮させた。

だが、眞山は怪我人だとは思えないような力で、さらに百合野を強く引く。

「今言ったことが、きみの本心なら、わたしはもうこの手を、二度と放さない」

「ま…眞山さん。でも…っ」

その時だった。

「――まったく、とんだ茶番だな」

病室の入り口から聞こえてきた声と靴音に、百合野はギクッとして背後を振り返った。

「…先輩…っ。どうして!?」

百合野は目を疑った。

だが、遠慮会釈なくつかつかと歩み寄ってくる長身の姿も、顎で眞山を指し示す尊大《そんだい》な態度も、間違いなく相葉本人のもので。

「瑛一。おまえをそんなふうに変えたのは、やっぱりこいつなのか」

わけがわからなかった。相葉がここにいる理由も、眞山を「こいつ」と呼ぶ理由も。

そして何より、相葉の言っている言葉の意味が。

「百合野くん。相葉くんはね、事故を目撃して、救急車でわたしに付き添って病院まで来てくれたんだよ」

「先輩が、眞山さんを？」

「ああ。本当は来たくなかったんだけどな。目の前で事故られたら、さすがに寝覚めが悪い。それに、こいつは恋敵《こいがたき》である前に、大事な取引先の相手だからな。放っておくわけにはいかないだろうが」

「恋敵…って…。…っ！」

復誦《ふくしょう》するように言って、百合野は顔を強張らせ、手を引いた。あまりにも驚いたせいで、眞山に手を握られたままにしていたことに気づかなかったのだ。

だが、眞山はいっそう強く、百合野を引き戻す。

「言っただろう。この手は二度と放さないと」

「眞山さんっ」

「それに、わたしは相葉くんに言ったんだ。彼が百合野くんを幸せにできないなら、わたしは容赦なく、彼からきみを奪うと」

「…っ」

「それを言うために、ホテルのラウンジで相葉くんに会って、その帰り道だ。わたしの車にトラックがぶつかってきたのは」

眞山がラウンジから立ち去っていった後、さすがに相葉もすぐにはそこから動けなかったのだという。そして、ホテルを出てきたところで事故に出くわした。

その被害者が眞山だったというのだ。

「…ったく。奪うも何も、最初からその手は、あんたが握ってたんじゃないのか？　いや、違うな…瑛一。おまえが握ってたんだろう。俺がその手を、放した時から」

相葉の言葉に、百合野は声を失った。

相葉はもう知っているのだ。

眞山と百合野との間に、何があったのかを。

それを承知の上で、こんなふうに自嘲するような笑みを浮かべて。

「結局、気づかなかった俺が、まぬけだった…ってことだな」

「…先輩…」

胸がギュッと鷲づかみにされるように痛んだ。

帰国後、相葉が百合野に示してくれた優しさや誠意は本物だった。相葉は相葉なりに、今まで至らなかった部分を、精いっぱい補おうとしてくれていた。そのことには、感謝してもしきれない。と同時に、いくら謝っても謝り足りないと、百合野は思う。

「眞山さん。お願いです。手を放してください」

百合野は眞山をまっすぐに見つめ、懇願した。

その真剣さに、眞山は黙って手を緩め、百合野は相葉に向き直る。

「直毅先輩。今まですみませんでした。僕がはっきりしなかったせいで、先輩には…」

「よせよ。っていうか、やめてくれ」

叩きつけるように言って、相葉はすぐに口端を上げて苦笑する。

「世の中にはな、はっきりさせないほうがいいこともあるんだぜ……百合野」

「先輩…」

それきり百合野は何も言えなくなった。

相葉が「瑛一」ではなく、ここで「百合野」と呼んだ、その意味合いを痛いほど強く感じ取って。

「眞山さん。百合野を頼みます」

そう言って相葉は踵《きびす》を返した。それを眞山が「相葉くん」と、呼び止める。

振り返る相葉に、眞山は静かに言った。

「てっきりわたしは、きみがここに百合野くんを呼んだんだと思ったよ」

その言葉に、相葉は片眉を上げ、鼻で笑う。

「冗談でしょう。敵に塩を送るようなそんなこと、するわけがない。俺は、そこまでお人《ひと》好《よ》しじゃないですよ、眞山さん」

「……そうか。だったら、いい。ありがとう、相葉くん」

眞山が細く目をすがめて言うと、相葉は今度こそ出口へ向かう。

「じゃあな。百合野」

背中を向けたまま片手を挙げ、相葉が病室を出ていく。

その後ろ姿に、百合野の胸が切ないほど強く締めつけられた。

「――追っていかなくて、本当にいいんだね」

だが、背中に響く声に、その切なさを凌駕《りょうが》する怒りにも似た熱い感情が、ふつふつと湧き上がってくる。

「行きません。僕は眞山さんが好きだと言ったはずです」

百合野は振り返り、きっぱりと言った。

「本当に」

「本当です。二言はありません」

「嬉しいよ、百合野くん」

眞山が笑った。左腕にギプス。右腕には点滴。頭にも包帯を巻き、バイタルモニターをつけて寝ている怪我人とは思えないほど晴れやかに。

それにつられて百合野もまた微笑みかけ――そして、戸惑う。

「でも……眞山さんのほうこそ、いいんですか、本当に」

「なんのことかな？」

「だから、その…」

急に自信をなくし、口ごもる百合野に、眞山は嘆息しつつ、苦笑する。

「わたしが、どれだけきみをあきらめるのに努力していたか、きみに教えられるものなら教えてあげたいよ、百合野くん。それこそ何度、顔で笑って心で泣いてをしたか、わからない。相葉くんに活《かつ》を入れに行ったのだって、きみへの未練を断《た》ち切るためという意味合いのほうが強かったぐらいだ。以前、引き際を考えていた…なんて言ったこともあったが、虚勢《きょせい》もいいところだったな」

その言葉に、百合野はハッと息をつめた。

そして心の奥で、ずっと気にかかっていたことを口にする。

「だったら、眞山さんはあの時……どうしてあんなにもあっさり僕を手放したんですか」

「百合野くん？」

「先輩とのことを一言も責めずに、『おめでとう。心置きなく幸せになりなさい』だなんて……どうして？」

言った瞬間、見開かれた眞山の目が、つらそうに歪んだ。

それは思わず尋ねたことを後悔しそうになるほど、苦渋《くじゅう》の滲む眼差しで。

だが眞山はややあって、声を絞り出すように答えた。

「……わたしはね、百合野くん……一度失敗しているんだよ。だから怖かったんだ」

「失敗…？」

「ああ。十年前、わたしは恋人を追いつめて、自殺を図らせてしまったことがあるんだ。幸いにも、未遂に終わったが」

百合野は息を呑んだ。

だが、眞山はまるで懺悔《ざんげ》するかのように百合野を見つめたまま、続ける。

「彼には不本意ながらも、わたしのほかに、もう一人付き合っていた男がいた。その狭間で苦しんでいた彼に、わたしは事情をよく聞きもせず、迫ったんだ」

「………」

「彼か、わたしか……どちらかを選べと」

そこまで言って、眞山は口を噤み、視線を逸らした。

緩く波打つ前髪が、伏せられた目元に暗い影を落とす。

その横顔に、百合野の胸を錐《きり》で突き刺されたかのような鋭い痛みが襲う。

まさか眞山に、こんなにも重くてつらい過去があったなんて、思いもしなかった。

この十年間、眞山はどれほど後悔し、そして苦しみ続けてきたのだろう。

自分があんなことさえ言わなければ…彼を追いつめなければと、それこそ何度も何度も悔やんだに違いない。

だから眞山は去る者を追うことも、引き留めることもできない人間だったのだ。

「……眞山…さん」

込み上げてくる熱い想いに、声が震えた。

「眞山さんは、同じ過ちを犯したくなかったんですね」

「百合野くん」

眞山は弾かれたように百合野を見つめた。

その頬に百合野は手を伸ばし、そっと触れる。

眞山は薄く微笑み、百合野のそれを包むように手を重ねた。

「ああ…。好きだからこそ、手放したくなかった。でも、それ以上に、きみを彼のように苦しませたくなかった。わたしが身を引くことで、きみが幸せになれるのなら、それだけでいいと思ったんだ」

だから何も言わず、一言も責めずに、眞山は百合野を手放したのだ。

「眞山さんっ…」

百合野はたまらず、眞山の肩先に抱きつくようにして顔を埋めた。

その躰を眞山は片腕で、しっかりと抱き留める。

「好きだよ、百合野くん」

「僕も…っ、僕も、眞山さんが好きです」

同じだ。

眞山も、自分も。

愛することに臆病で、一歩踏み出す勇気が持てなくて。

でも、もう恐れることはないのだ。

自分たちは今、愛する者の幸せを願うことで、自分もまた深く満たされる喜びをようやく手に入れたのだから。

「……百合野くん、顔を上げて」

どこか耐えかねたような声音に、もしや傷が痛んで…と、百合野は慌てて顔を上げた。

だが、眞山は微笑みを浮かべて、とんでもないことを言う。

「——僕にキスをしてくれるかい」

「えっ……キ、キス？」

「そう。愛の告白の後には、やっぱり誓いのキスだろう」

突然の催促に、カーッと頬が熱くなった。

個室とはいえ、ここは病院で病室なのだ。いつなんどき看護師《かんごし》が様子を見に来るとも限らない場所でキスなんて……——そこまで考えて、百合野はさらに顔を赤くした。

でも、自分たちはそんなところで、堂々と愛の告白をしてしまったのだと。

「それにわたしは今、こんなだからね。自分からきみにキスしたくても、できやしない」

悔しそうに言う眞山に、心臓がトクンと高鳴る。

「百合野くん…」

低くねだる声で名前を呼ばれ、百合野は、少しなら…少しだけなら、と心の中で言い聞かせつつ、深く息を吸い込んだ。そして眞山の枕元に手をつき、躰を屈《かが》める。

「……ん……」

触れた唇は微熱があるのか、少しかさついて熱かった。

だが、それは久しぶりの眞山との口づけで、百合野の胸を甘く切なく震わせる。

「……眞山…さん…」

吐息に交ぜて囁くと、眞山は百合野の髪を梳くように指を差し入れてきた。

その心地よさに、ふっ…と気を抜いたのが悪かった。

眞山の舌が緩んだ歯列を割り、百合野の舌先に触れる。

途端に、ゾクッと背筋がわなないた。

「んっ…駄目で…、んんっ」

だが、眞山は逃げようとする百合野の頭をしっかりと押さえ込み、さらに深く口づけてくる。敏感な上顎を舐められ、ねっとりと舌を搦め捕られて、全身の肌が粟立つ。

そのまままきつく吸われると、足元から痺れるようなざわめきが這い上がってきて、立っていられなくなりそうになった。

「ふ……ぅん…っ…」

混ざり合う互いの唾液が、眞山の口から溢れて頬に伝う。

それは敬虔《けいけん》さにはほど遠い、濃厚で情熱的な口づけだった。

——眞山さんっ…こんな……これ以上は…っ。

これのどこが、誓いのキスだというのか。

だが、いくらそう憤っても、怪我人相手に乱暴なことはできない。というよりも、百合野は眞山の上にくずおれそうになる自身の躰を支えているので精いっぱいになってきた。

「…んんっ…は、あっ……はぁぁ…」

ようやく眞山から解放された時には、百合野の息はすっかり乱れ、顔は上気していた。

だが、そのまま潤んだ目で抗議しようと思った途端。

「――愛している、百合野くん」

言われて百合野は息をつめた。

間近の熱っぽい瞳が苦しげな色を湛《たた》えて、百合野にひたと向けられていたからだ。

「もう一度、きみをこの腕に抱けるとは、思ってもみなかった」

「眞山……さん」

「――もう誰にも渡さない。きみはわたしの……わたしだけのものだ」

いいね、と強く念を押されて、胸の奥が沁みるように熱くなる。

苦しかったのだ、眞山も。

ずっと堪えていたのだ、百合野と同じように。

報《むく》われることのない想いを、微笑みの下に隠して。

「……はい。眞山さん。僕は……眞山さんだけのものです」

うなずく百合野の頰に、涙が伝う。

それを指で優しく拭ってくれる眞山に、百合野は再びそっと口づける。

今度こそ重ねる唇に、自ら誓いを立てるために。

◆

チーム解散の日が来た。

この半年間、公私ともにハードで目まぐるしい日々を送ってきたが、過ぎてみればあっという間だった気がする。そして、そう感じるということは、百合野自身が今の自分を肯《こう》定《てい》的に捉えているということなのだろうと、改めて思う。

確かに自分は変わったのかもしれない。

もちろんそれは、眞山の影響によるところが大きいに違いない。

でも、すべては相葉との別れがなければ始まらなかったことだ。

彼のことを思えば、まだ申し訳なさと切なさが交錯《こうさく》し、胸が痛くなる。

だが、そんな時百合野は、相葉との五年間があったからこそ今の自分があるのだと、考えるようにしていた。

「この半年間、K大学の皆さまには大変お世話になりました。環境学という専門的な観点からだけでなく、よりグローバルな視点からハイブリッド車に対する数々のご指摘、ご指導をいただきましたこと、感謝の念に堪《た》えません」

解散式の席上、課長の山下が胸を張って挨拶をする。

今日は開発部の総括《そうかつ》部長をはじめ、上の人間も数人顔を出しているからだ。

「特に今回は、眞山教授からご提案のありました燃料電池車の実用化に向けて、具体的な方向性が見え、今後の研究開発に弾みがつきましたことも、あわせてお礼申し上げます。実は、この場を借りて発表させていただきますが、マツナミでは今回の流れを継いで、新たに燃料電池車開発チームを発足することとなりました。また、眞山教授には今後も特別顧問という形で、随時《ずいじ》チームに参加していただく予定です」

山下の言葉に、百合野は嬉しさを禁じ得ない。

プライベートなこととはまた別に、眞山の協力を得て進めてきた仕事が上にも認められ、こうして発展していく喜びは、開発部員として何ものにも代え難いものがあるからだ。

できれば、この場で眞山と一緒に喜びを分かち合いたかった――そう思って、百合野は、以前の自分からは想像もできないことだなと、心の中で驚いた。

その時だった。

ノックの音がして、大学側のメンバーから突然声が上がった。

「教授、どうしたんですか、いったい⁉　まだ入院中じゃなかったんですか」

百合野は弾かれたようにして会議室の入り口に目をやった。

「遅刻してしまいまして、大変申し訳ありません」

そこには、ギプスをした左腕を吊《つる》し、スーツの上着を羽織った眞山の姿があった。

「まさか、病院を抜け出してきたんですか、教授？」

「人聞きが悪いことを言っちゃいけない。ちゃんと許可をもらって退院してきた。心配はいらないよ」

そう言いながら眼鏡のフレームを指で押し上げ、部屋の中に入ってくる眞山は、確かに頭の包帯も取れて、すっきりした顔をしている。

だが、退院はまだ二日後の予定だったはずだ。昨日、百合野が見舞いに行った時も、「明日は行けなくて残念だ」と言っていたのに、どうして――

「終わりよければすべてよし、というだろう。これはけじめだからね。なので、解散式にはどうしても顔を出したいと言って、退院を少し早めてもらったんだ。山下課長、皆さん、お話を中断させてしまったようで、申し訳ありません」

「いえいえ、今ちょうど眞山教授のお話をしていたところです。このたびは大変な中、ご出席いただきまして、ありがとうございます。さ、どうぞこちらへ」

丁重に頭を下げる眞山に、山下はにこやかに首を振り、席に促す。

マツナミの社員たちから拍手が起こった。

その中を、眞山は堂々と前方の席へ歩み寄る。

その目が、呆然とする百合野をチラリと捉え、悪戯《いたずら》っぽく微笑んだ。

◆

「気持ちはわかりますが、躰のことを考えたら、やっぱり無茶しすぎです」

入院の際、持ち込んだ荷物をバッグから取り出し、眞山の代わりに片づけながら、百合野が少し怒ったように言う。

すると、すぐさまくすぐったくなるような甘い声が背中に返ってくる。

「きみを驚かせたかったんだよ、百合野くん」

だが、百合野がそれに答えず黙っていると、眞山の声に落胆が滲んだ。

「てっきりきみも同じ気持ちだと思ったのに、喜んでもらえなくて残念だな」

「……別に…。喜んでいないわけじゃありません。本当は僕も嬉しかったです」

ややあって百合野がそう言うと、眞山は「本当に？」と確認するように聞いてくる。

百合野はクローゼットの前で立ち止まると、ため息を一つ。

寝室の入り口に立っている、ワイシャツ姿の眞山を振り返った。

「ええ。課長の挨拶を聞きながら、もしもこの場に眞山さんがいたなら、どんなにかよかっただろうと、思っていましたから」

その言葉に、眞山はなぜだか片眉を上げ、苦笑する。

「そうか…。それは嬉しいね。以前のきみから比べたら、大変な心境の変化じゃないか。でも、わたしが『きみも同じ気持ちだろう』と言ったのは、まったく別の意味なんだが」

「え……別の意味？」

わけがわからなかった。

そんな百合野を前に、眞山はさらに笑みを深くしながらゆっくりと歩み寄ってくる。

そして、「まだわからないのかい」と言って百合野をクローゼットに追いつめるようにして顔を近づけた。

「わたしが退院を早めたのは、こうしてきみと、早く二人きりになりたかったからだよ。解散式は単なる口実にすぎない」

「こ、口実って、眞…う、んんっ」

顎をつかまれ、有無を言わせず口づけられた。

百合野は反射的に抗おうと、眞山の胸を押しかけて、ハッと思い止《とど》まる。

手がギプスに触れたからだ。

そして、それをいいことに、眞山はさらに深く唇を合わせてくる。

「う…んっ……ふ…、ん…ぁぁ…」

濡れた舌を絡め、口腔をあますところなく隅々まで貪られて、躰が急激に甘い熱に侵《おか》されていく。

それは堪えていた情熱を一気に注ぎ込もうとするような激しいキスで、百合野はじきに立っているのもおぼつかなくなってきた。

「…毎晩、見舞ってくれるのは嬉しいが、キスだけでは生殺しもいいところだ」

唇を離し、劣情もあらわな眼差しを向け、眞山が言う。

「それはきみも同じじゃなかったのかな……百合野くん」

「あっ…やめ…っ」

密着する腰をグイッと押しつけられて、百合野は真っ赤になって躰を硬直させた。

下腹部で互いの隆起《りゅうき》が、強く擦れ合ったからだ。

「病室では嫌だ、と言うきみの意見を尊重してきたが、もう限界だ」

「ま…眞山さん、待っ…」

「駄目だ。来なさい」

片腕だとは思えない力強さで、百合野は眞山に引っ張られ、ベッドに横倒しにされた。

「――わたしは充分に待った。もう待てないよ、百合野くん」

見上げる眞山は、ネクタイの結び目を緩めながら、百合野を燃えるような瞳で見つめてくる。

ゾクリと肌が粟立った。

思わず視線だけで、躰の芯が熱く疼きそうになる。

眞山のどこに、これほどの情欲が隠されていたのかと思わずにはいられないほど、それは強烈な官能を百合野に感じさせた。

「ま……待ってください」

眞山が片膝をベッドに乗り上げたせいで、ギシッとスプリングが軋む。

「待てないと言ったはずだ。一刻も早く、きみと愛し合いたい」

「だから、違…」

「――瑛一…」

吐息交じりに呼ばれて、背筋が甘く震えた。

眞山に名前を呼ばれるのは初めてで、それだけで全身が蕩けるように痺れる。

「もう放さない。きみは、わたしだけのものだ」

独占欲もあらわな瞳に、百合野は掠れ声で答える。

「眞山さんも……僕だけのものです。絶対、誰にも…渡しません。だから…」

そして百合野は身の内を焦がす熱い欲求に突き動かされるように、ベッドから床へ滑り降りた。

「…百合野くん、きみっ…？」

眞山の前にひざまずき、その足に手をかけると、眞山が驚いたように叫ぶ。

それがひどく恥ずかしい。

でも、それよりも、そうしたいと願う気持ちのほうがはるかに強く、百合野はコクリと喉を鳴らして懇願した。

「僕に、させてください」

見上げる眞山の顔が、困ったように微笑む。

「百合野くん…。わたしがこんなだからって、無理をする必要はない」

「無理なんかじゃない。僕がしたいんです。本当は僕も、早く眞山さんとこうしたかった。だから……眞山さんを愛したい」

百合野はゆっくりと頭《かぶり》を振り、羞恥に潤む目で恋人を見つめる。

はしたないことを言っている自覚はあった。今まで請われて口淫をすることはあったが、こんなふうに自ら進んで求めたことはなかった。

「……瑛一」

艶《つや》を含んだ夜の声で呼ばれ、髪を優しく撫でられて、許されたことにじわりと目頭が熱くなる。

ベルトのバックルを外し、ファスナーを下げる手が、かすかに震えた。

下着越しに隆起した眞山のものを目にしただけで、顔が上気するのがわかる。

眞山が自分を欲しがっている――――そのことが、百合野を陶然《とうぜん》とさせた。

「……ん……ふ…」

下着を下げ、すでに芯を持ち始めている熱い肉塊を、少しだけ口に含む。

するとそれはピクリと反応して、硬度を増した。

それに勇気づけられて、百合野は舌を這わせながら、喉の奥まで眞山を呑み込む。

「……っ…瑛一…」

感じてくれているのがわかる掠れたテノールに、腰の奥がジン…と疼いた。

それは先端の括れを舌先でなぞり、脈打つ幹を唇で繰り返し扱くたびに、百合野の全身を甘く蝕《むしば》んでいく。やがて口いっぱいに成長した眞山の分身は、さらに口腔の敏感な部分を刺激して、百合野の官能を煽った。

「…あ…っ…」

百合野は思わず口を離し、顔を赤らめた。

そのせいで、口の端から唾液がつぅ…と滴り、顎を濡らす。それはまるでたった今、じわりと先走りを溢れさせてしまった自身と同じ感触で、百合野を深く恥じ入らせた。

「…どうした？」

「なんでも…。なんでもありません」

聞かれて百合野は急いで返答し、再び目の前の屹立を咥えようとした。

それをやんわり押し止《とど》め、眞山はフッ…と笑みを洩らす。

「もしかして、わたしを咥えただけで、感じた…のかな」

揶揄するように言われて、百合野はますます赤くなり、うつむいた。

違いますとは言えなかった。

「別に恥ずかしがることはない。それだけわたしを欲しがってくれている証拠だろう」

「…あっ」

顎をなぞるように持ち上げられ、眞山と目が合う。

「だったら見せてほしいな、それを」

ねだるように言われて、百合野はそれこそ耳の付け根まで真っ赤になった。

「そして、きみがしてくれたように、わたしもきみを愛したい」

ドクンと躰中の血が沸《わ》き立った。

眞山が何を求めているのか、わかっているのに、羞恥が邪魔をしてすぐには動けない。

そのためらいを察したかのように、眞山の手が百合野の襟元《えりもと》に滑り落ちる。

だが、右手だけでは、やはりボタンどころか、ネクタイを抜くことすら難しい。

なのに眞山は、根気よく結び目を緩めようとしてくれる。

その姿に、胸がキュッと甘く締めつけられた。

「眞山さん、僕が…。自分でします」

百合野はそう言って、思い切るようにネクタイを解き、引き抜いた。

そして、その場に立ち上がるとワイシャツを脱ぎ捨て、ズボンを床に落とす。

さすがに眞山の見ている前で濡らしてしまった下着を脱ぐのは恥ずかしかったが、百合野は背中を向け、手早く全裸になった。

晴れて両想いになれた今、一刻も早く愛し合いたい――その気持ちは互いに同じなのだから、眞山ができないことは自分が補わなければいけないのだと言い聞かせて。

「おいで」

それを待ちかまえていたかのように腕を引かれ、百合野は「あっ」と小さく叫んでよろめいた。

「可愛いね。もうこんなにして」

「やっ、眞山…さんっ……あっ」

振り向きざま、やんわりとそこを握られて、思わず腰が引ける。

そのせいで百合野は、自身を眞山の手で扱くように引き抜いてしまい、襲う快感に再び蜜を溢れさせてしまった。

「そのままベッドに乗りなさい」

言いながら眞山はヘッドボードに寄りかかると、うろたえている百合野に手を差し伸べる。眞山はすでにズボンと下着を脱いでおり、ワイシャツ一枚の姿になっていた。

しかも、たくましく隆起した分身が、その裾《すそ》を押し上げているのが見える。

「膝立ちになって、ここに来なさい。舐めてあげよう」

「なっ…」

舐めるという露骨《ろこつ》な言葉に、クラリと目眩がした。

眞山は自分の躰を跨《また》いで、百合野に股間を持ってくるよう求めているのだ。

「本当なら、今すぐにでもきみを押し倒したいところだが、あいにくこれではね」

眞山が肩を竦め、嘆息した。その姿に、百合野はハッとして、再度自分を叱咤《しった》した。

たった今、眞山を補おうと決心したばかりじゃないかと。

この状況に一番もどかしい思いをしているのは、眞山なのだと。

百合野は一つ大きく息をついて、ボードに手をついて、ベッドに乗り上げた。

「ああ…そのまま、ボードに手をついて。もっと前に…」

言われたとおり進み出て、ボードにつかまり腰を前に突き出すと、眞山の手が百合野の尻を支えるようにつかんだ。

「…んっ……は、あっ…」

幹に滴る蜜を、舌でゆっくりと舐め取られ、そのまま先端を口に含まれる。

途端に、甘く蕩けていくような快感が全身を駆け抜けた。

「あっ…や、眞山…さんっ…あぁ…っ」

窪みを舌先でねぶられ、溢れてくる先走りを啜《すす》られながら熱い口内に呑み込まれると、頭の中が真っ白になる。

次いで軸《じく》を扱くように口を前後されると、百合野の分身は瞬《また》く間に完勃ちになった。

「んっ…あっ、そんな…っ…あ、駄目…っ」

じゅぷじゅぷという淫靡な水音と、強すぎる快感に、思わず腰が引ける。

だが、それを許さず、眞山が尻をグイッと前へ引き寄せる。

裏筋の敏感な皮膚《ひふ》を、ざらりと舐められて、腰が淫らにうねった。

「嫌っ…やめ…っ、は、ああっ」

逃げ腰になると、後ろの窄まりに指が触れ、前に逃げると、眞山の口に自ら分身を突き入れる格好になり、百合野はどうしていいのかわからなくなる。

「嫌だなんて…嘘はいけないな。こんなに自分から腰を振ってるくせに」

「ちっ…違、ああっ、眞山…さんっ」

硬く閉ざされた後孔を指で押されて、百合野の先端から、つぷっと透明な雫が溢れた。

「出しなさい…このまま。あまさず、飲んであげるよ」

そのかすめた低い声に、躰の芯が脈打つように疼く。

そのまま喉の奥深く呑み込まれ、強く引き出され…それを何度も繰り返されては、もうどうしようもない。急速に高まる射精感に、百合野は為《な》す術《すべ》もなく全身を震わせた。

「あっ…やっ…あ、ああ――――っ…」

下方でゴクッ…という生々しい音が聞こえる。

それがなんの音か、認識すると同時に、百合野は芯を失った人形のように、眞山の躰の上にくずおれた。

「…大丈夫かい」

片手で百合野の肩をしっかりと支えながら、眞山が気遣うように尋ねてくる。

たった今、自分の放ったものを飲み下したとは思えないような優しい声音に、百合野は朦朧《もうろう》としながら目を開き、そして息をつめた。

そして、目の前の白いギプスから、弾かれたように後ろへ躰を離す。

「眞山さんこそ、大丈……あっ！」

だが、躰をずらしたせいで、百合野の尻に熱くて硬いものがヒタリと押しあてられた。

その感触に、百合野はカーッと赤面する。

「このとおり、大丈夫とは言えないが、いきなりは無理だろう。今も、指が入らなかったからね」

そういう意味じゃない、と言いたくても、苦笑する眞山を前に、百合野はただ唇を噛むことしかできない。

双丘の狭間でドクドクと脈打つそれに、吐精の余韻《よいん》が呼び覚まされてしまったからだ。

「そこにうつ伏せになって、腰を上げなさい。慣らしてあげよう」

「なっ…」

「それとも、自分でできるかな」

自分で、何を、どう慣らすのか——考えただけで、頭がくらくらした。

「きみが欲しいんだ……瑛一」

甘く、切なくせがまれて、百合野は喉を大きく鳴らし、ゆっくり腰を持ち上げた。

そして、躰を横にずらすと、シーツに顔をつけ、うつ伏せる。

だが、どうしても自分から腰を突き出すことはできない。

「駄目…です…っ、駄…目……眞山さ…」

「——薫だ。瑛一。……呼んでごらん」

背後からあやすように囁かれて、ドキンと心臓が高鳴る。

眞山の名前を口にするのは、初めてだった。

でも、腰を掲げ、自ら秘部を晒すよりは、恋人の名前を呼ぶほうがずっといい。

「……薫…さん」

目を閉じ、呟くように呼ぶと、優しく太股《ふともも》を撫でられ、「もう一度」とねだられた。

「…薫さん……あっ」

撫でられた部分に、チュッと音を立てて口づけられ、かすかな痛みを感じる。

眞山が所有の証《あかし》を、そこにつけたのだろう。

そう思うと、痛みはジン…と痺れるような愉悦に変わって、百合野の羞恥を解かした。

「薫さん……あ…っ」

百合野が名前を呼ぶたび、眞山は白い肌に紅《あか》い痕《あと》をつけていく。

それを繰り返しているうちに、百合野の躰は甘く弛緩《しかん》していき、きつく閉じられていた足もしどけなく開いていく。それを見計《みはか》らったかのように、眞山は百合野の足の間に躰を割り込ませ、尻の割れ目にねっとりと舌を這わせた。

「薫さ…なっ、あぁっ！」

思わずキュッと尻の丸みが委縮した。

だが、眞山はさらに下から上へ…そして、上から下へと狭間を舌先でなぞっていく。

それは淫靡で、かつ官能的な舌技で、百合野の性感を思いきり煽った。

「嫌っ…薫さん、そんな…や、あぁぁ…っ」

狭間に鼻先を埋め、ちろちろと嬲るように、舌が際どい部分を掠める。

まるで焦らされているような中途半端な愛撫に、百合野の腰がもどかしげに揺れる。

気がおかしくなりそうなほど、躰の芯が熱く疼いて、たまらない。

もっと奥を…もっとちゃんと…――

百合野の躰は、無意識にさらなる刺激を求めていた。

「そう…いい子だ。そのままもう少し、足を開いてごらん」

背後から聞こえてきた声に、百合野はハッと我に返り、己の乱れように赤面する。

いつの間にか自分は両手でシーツを握り、眞山に向かって腰を高く掲げていたのだ。

「あっ…やめっ、ああっ」

硬く尖らせた舌先が、慎《つつ》ましやかに閉じている窄まりを、ぐぐっと強く押す。

足を閉じようとしたが、眞山の躰に阻《はば》まれて叶わない。

そのままねっとりと唾液をまぶされて内襞を舐め回され、太股がぶるぶると震えた。

「まっ…待って…、やっぱり、自分…で…っ」

「駄目だ」

ぴしゃりと却下し、眞山は枕を引き寄せると、百合野の浮いた腰の間に差し入れた。

これではもう、身動きが取れない。

「これは、きみが一番感じる体位だからね。譲れない」

「なっ…ああっ」

唾液で潤んだそこに、ずぶりと指を突き入れられ、一気に奥まで埋め込まれた。

だが、衝撃は一瞬で、百合野の内壁は、すぐに侵入者を物欲しげに締めつけてくる。

「ほら…拒むように見せかけて、本当は欲しくてならないんだろう?」

揶揄するように言われて、百合野は唇を噛む。

だがそれも、百合野のもっとも感じる部分を心得たように指で擦り立てられると、あっけなく解けて、甘ったるい嬌声が洩れてしまう。

「やっ…あ、あ……ん、やめ…てっ」

たまらず百合野は腰を捩って身悶えた。

そのせいで、枕に擦りつけられた屹立からとろとろと蜜が溢れ、幾つも染みを作る。

「――素直になりなさい……百合野くん」

その耳に、どこか懐かしく、優しい声音が響く。

「きみは、欲しいものを欲しいと、言えるようになったはずだよ」

百合野はハッと目を見開いた。そして思い出す。

そうだ。ためらいも、戸惑いも、罪悪感さえもかなぐり捨てて手を差し伸べたからこそ、自分は今、眞山とこうしていられるのだと。

ほかの誰にも渡したくない、自分も眞山を愛したいと口にしたのは、つい先刻のことではなかったのか。

「……れ…て」

声が掠れて上手く出なかったが、百合野はかまわず絞り出した。

「薫…さん、も……挿れて…。もう…欲し…んあぁっ」

言葉の途中で、ズルッと指を引き抜かれた。

その衝撃に震える間もなく、眞山は片腕で百合野の躰を抱き起こす。

「だったら、自分で挿れてごらん」

　耳元で囁かれて、百合野は弾かれたように背後を振り返った。そしてカアッと目元を朱に染める。せっかく素直に求めたのに、眞山は叶えてくれず、さらに恥ずかしいことを強要してくるからだ。

「違う。意地悪《いじわる》で言ってるんじゃない。片手できみを後ろから抱くのは、無理だって言ってるんだ。わかるだろう」

　言われて百合野は、改めて眞山の姿を見つめた。

　すっかり失念していたが、眞山はギプスをした左腕を首から吊っているのだ。

　確かにこの状態で、後ろから繋がっても、満足な動きはできないに違いない。

　――だったら……今夜は、僕が全部……。

　ブルッと躰が悦楽の予感に震えた。

　その頬に唇を押し当て、眞山が熱っぽく求めてくる。

「それに、本音を言えば、きみが自分で挿れるところを見てみたい」

「ま…眞山さん…っ」

「薫だよ…瑛一。……見せてくれるね？」

　嫌だとは言えなかった。言えるわけがなかった。

　すでに勃ち上がったものはねっとりと蜜に濡れ、後孔は熱を帯びてジンジンと疼いている。この状態で再び焦らされたら、きっとおかしくなってしまうに違いない。

「……わかりました」

小さく喉を鳴らし、うなずくと、「だったら、前を向いて」と指示された。

百合野はゆっくりと躰の向きを変え、足を伸ばす眞山の躰の上に、膝立ちのまま進み出、そして息を呑んだ。

眞山の股間でそそり立つ分身は、脈動が見て取れるほど限界まで張りつめていた。しかも、窪みから滴る先走りのせいで、テラテラと淫猥な輝きを放っている。これを、このまま自分で……――そう考えただけで、躰の奥が淫らに濡れた。

なのに眞山は、サイドテーブルの引き出しに手を伸ばす。

百合野はそれを、とっさに引き留めてしまった。

「いりません。今夜は」

「瑛一…？」

「このままで…。直に薫さんを感じたいから…」

素直に求めてはみたが、さすがに恥ずかしい。

眞山が驚いたように見つめてくるのも、さらに恥辱を煽った。

それを紛《まぎ》らわすように、百合野は眞山のワイシャツのボタンを外し、脱がせていく。

ギプスだけはどうしようもないけれど、肌と肌を合わせて抱き合うのも、恋人を直に感じることに違いないから…などと、自分に理屈《りくつ》をつけて。

「瑛一」

低く呼ばれ、顎を持ち上げられて、眞山と目が合う。

間近のその瞳が、ゆらり…と劣情に揺れた。

「――いいんだね？　中に、出しても」

ゾクッと全身が震えた。

だが、淫らな己の想像を見透かしたかのような言葉に、恥じ入る余裕はすでにない。

渇《かわ》き餓《かつ》えた躰の前に、それを満たすものがあって、どうして拒むことができるだろう。

「…いいんです。……そうして…ほしいんです」

中に、出して――上擦る声で求めた途端、眞山の手が百合野の尻の肉を鷲づかみにして持ち上げた。

「ああっ、んっ」

前のめりになる躰を、眞山の肩をつかんで持ちこたえ、百合野は甘い悲鳴を上げた。

尻の狭間に、灼熱《しゃくねつ》の塊《かたまり》を感じたからだ。

だが、それは濡れそぼった窄まりを、ヌルリと掠めて滑っていくだけで。

「瑛一、手を添えて」

眞山の言葉に、百合野は後ろ手に男の屹立を握り込んだ。そうして眞山の手に支えられながら、もう片方の手も後ろに回し、二本の指で自身のそこを押し広げる。

「んっ…は、ぁぁ…っ」

硬くて熱い肉塊の感触に、入り口の襞がキュッと萎縮する。

だが、百合野は深く息をつきながら、じわじわと腰を落としていった。

「あ…あっ…かお…る、さん……あぁっ…」

百合野の顎が上向き、喉のラインがきれいに反り返る。

淡い翳《かげ》りの中、勃ち上がっているものの先から溢れた雫が伝い落ち、結合部を濡らす。

その淫らな光景に、眞山の目がカッと見開かれた。

「…瑛一…っ」

ギュッと尻の肉を握られたせいで、痛みにも似た快感がそこを突き抜ける。途端に支えていた足から力が抜け、腰が落ち、百合野は根元まで一気に眞山を呑み込んでしまった。

「んっ、ああっ！」

襲う衝撃に、一瞬意識が飛ぶ。

その背中を眞山がとっさに手で受け止め、曲げた膝で腰を支える。

だが、そのおかげで倒れずにすんだものの、挿入の角度が変わったせいで、百合野はすぐに喘がされることになった。

「あっ、ぁ……薫さんっ…駄目…そこ…っ」

百合野は眞山の肩にしがみついて訴えた。その耳に揶揄の声が響く。

「ここが、駄目なところかな」

「ああっ、んっ」

いきなりズンと下からそこを突かれて、噛みしめた唇が解け、濡れた声が洩れた。

なのに眞山は、続けざまにそこをピンポイントで責めてくる。

そのたびに、百合野は甘く泣かされた。

「あっ…待っ…て。一緒にっ…。薫さんと…一緒に達きたいんです。だから…っ」

「……困ったな」

ぴたりと動きを止め、眞山は目を細くすがめた。

そして、すっかり乱れてしまった百合野の髪を指で梳き、自嘲の笑みを浮かべる。

「恥じらうきみも可愛いんだが、そうやって素直に求めてくるきみも、ひどくそそる…。たまらないな」

そう言って眞山は、今度はゆっくり腰を使ってきた。

浅く…深く、先端の硬い部分で、中の粘膜をこね回すように擦られると、じわじわと火で炙《あぶ》られるような愉悦が湧いてくる。だが、それは波のように行きつ戻りつして、百合野はつい追い縋るように腰を揺らしてしまう。

そんな貪欲な自分が、たまらなく恥ずかしいのに、止められない。

でも。

「…っ。…瑛…一…」

低く呻くような声が耳に聞こえた。

百合野は、思わず間近の眞山の顔を覗き込み、息をつめた。

そこには苦しげに眉を顰《ひそ》めながらも、官能を滲ませた男の顔があって。

「…薫…さん…っ」

呼んだ途端、眞山が再び低く吐息を洩らした。

感じているのだ、眞山も。自分と繋がることで――深い愉悦を。

そう思ったら、もう駄目だった。

「…薫さん……好きです……薫さん…っ」

百合野は何度も眞山の名を呼びながら、自らもぎこちなく腰を揺すった。

それに応えて眞山も、たくましい律動を刻み始める。

「あっ…薫さ…んっ…ぅんっ…」

嚙みつくようにキスされ、続けざまに奥深くまで穿たれる。

途中、眞山の怪我のことが頭を掠めたが、「心配はいらない」と、眞山が察したように微笑んできたので、百合野はすぐに我を忘れさせられた。

それに、眞山の突き上げは、怪我人とは思えないほど情熱的で激しくて。

「…あっ…かお…るさん…好きっ……んっ…好き…っ」

溢れる想いを口にするたび、躰は熱く昂《たかぶ》り、眞山を狂おしく締めつけていく。

そのせいで眞山もまた欲情をたぎらせて、百合野を荒々しく追い上げる。

後はもう二人で極めるだけだ。

「あぁ、んっ、薫さ…や、ああ――っ…」

汗に濡れる眞山の肩をつかみ、百合野は背中をしならせ、白濁を散らした。

その直後、最奥に熱い迸りがドクドクッと注ぎ込まれるのを感じて、百合野は再び掠れた声で泣いた。

満たされる――躰も、心も。

「……瑛一……愛している」

きつく抱きしめられ、口づけられて、百合野の唇から蜜のような吐息が洩れた。

◆

翌日が休日でよかったと、こんなにしみじみ思ったことはない。

昨夜《ゆうべ》はあれから立て続けに二度達かされて、百合野は朝から起き上がれず、ベッドに伏せったままだった。

なのに眞山はそんな百合野を甘やかすように、あれこれ世話を焼いてくる。

喉は渇いていないか？　躰を拭こうか？　朝食はベッドで？

いったいどちらが怪我人かわからないほどだ。

シャワーを浴びたり髪を洗うのは、さすがに大変らしいが、怪我をしたのが利き手ではないので、時間をかければある程度のことは自分でできるようだ。

そのせいか、眞山はとんでもないことを口にする。

「どうせなら右腕を怪我するんだったな。そうしたら、もっと大胆《だいたん》なきみが見られたかもしれないのに」

「ま、眞山さん！」

「薫だろう…瑛一」

赤い顔をして振り向く百合野に、眞山は微笑んでベッドの端に腰を下ろす。

「昨夜はあんなに何度も呼んでくれたのに、今朝《けさ》はまだ一度も呼んでくれないんだね…。つれないいな」

そう言って本気で淋しげな顔をする眞山に、百合野はさらに赤面し、背中を向けた。

「…知りませんっ」

あれ以上、大胆な行為など、百合野には想像がつかない。というか、想像したくない。いくら欲しいものが欲しいと言えるようになったとはいえ、昨夜の自分の言動の数々を思い起こすと、恥ずかしくて眞山の顔が見られないのだ。

――昨夜は、本当にどうかしてたんだ…。

だいたい、眞山も意地悪すぎる。わざわざあんな恥ずかしい格好をさせなくても、ほかにもやりようがあったのではないか。

口淫をするなら眞山にした時と同じようにベッドに座ればよかったのだし、片腕のせいで後背位が難しければ、何も騎乗位ではなく、立位という選択肢もあっただろう。

そんなふうに冷静に判断して、百合野はまた顔を赤らめる。

たとえどんなに理屈をこねたとしても、自分がその行為に深く感じてしまったのは、紛れもない事実だからだ。

「瑛一……いつまでも拗《す》ねていないで、こちらを向きなさい」

「……拗ねてなどいません」

「だったら、照れていないで」

「照れてなんて…」

「いるだろう？　それでわたしの顔も見られず、名前も呼べない。…違うかな？」

問われて百合野は口を噤む。

図星だったが、はい、そうですとは、とても言えない。

でも、眞山は百合野をなだめるように、優しく髪を撫で、甘ったるく囁いてくる。

「昨夜の素直なきみは、本当に素敵だったのに…。どうすれば、機嫌を直してもらえるのかな。愛してると百回囁こうか。それとも、キスを…」

「だったら、朝からそんな恥ずかしいことを言わないでください」

ぴしゃりと言って、百合野はまだ赤い顔のまま、躰を反転させた。

いつまでもこうしていても埒《らち》が明かないし、あまりにも大人げないと思ったのだ。

それに、なだめるどころか、逆に羞恥を呼び覚ます眞山の言葉も聞くに堪えない。

「朝から…恥ずかしい？」

だが、当の本人はまるでわかっていない様子だ。

片眉を上げ、「う〜ん」と本気で考え込んでいる。

そして、何かを思いついたように、にっこりと笑って。

「だったら恋人同士として、初めて迎える朝にふさわしいことを言わせてもらおう」

「薫さん…だから、そういう前置きが、恥ずか…」

「――瑛一。このままここで、わたしと一緒に暮らしてくれないか」

百合野は開いた口をそのままに、眞山を凝視する。

今の今まで笑っていたのに、思いがけず真剣な顔をされて、ドキンと胸が高鳴った。

――一緒に暮らすって……まさか、それって……。

だが、途中まで考えて、百合野はいくらなんでも、と心の中で首を振る。

自分の想像こそが一番甘ったるく、恥ずかしいものだということに気がついて。

「…た…確かに片腕だと、しばらくの間は生活に不自由でしょうが…。でも、薫さんは器用だし、一人でなんでもできそうじゃないですか」

「瑛一…。そういう意味じゃない。わたしはね、きみに一生のパートナーとして、ずっと側にいてほしいと言ってるんだ。……嫌かな？」

レンズ越しの真摯な眼差しに、頬がカッと熱くなる。

やはりこれはプロポーズなのだ。

出会ってからまだ一年と経っておらず、付き合っていたのもほんの数カ月。

しかもお互いの気持ちを通わせて抱き合ったのは、昨夜が初めてだ。

なのに、信じられない。あまりにも性急すぎる。

それはまるで、際限なく愛を注ぎ込もうとする、昨夜の眞山を彷彿とさせて――

「……嫌です」

言った途端、眞山の相貌《そうぼう》に緊張が走った。

「意地悪ばかりする薫さんは、ちょっと困ります。だから…」

少し改めてくれないと…と、照れ隠しのように続けようとしたのに。

「そうか。残念だな。だったら、あきらめよう」

「えっ」

潔《いさぎよ》く両手を挙げる眞山に、百合野の胸がズキッと痛んだ。

まさか、そんなにあっさり眞山が引くとは思わなかったからだ。

そしてそれは百合野に、過去の痛手を思い起こさせる。

「わたしに意地悪されても、健気に応えてくれるきみは、本当に可愛くてならなかったんだが…。きみに嫌われてしまっては仕方がない。これからは努《つと》めて…」

「薫さんっ」

百合野は弾かれたように半身を起こし、眞山に縋りついて、きつく抱きしめる。

「やっぱり、そのままでいい。意地悪な薫さんでも、そのままの薫さんが好きです」

紳士的で優しくて、人一倍気遣いにも長けていて。

なのに意外にもその顔の下には、驚くような押しの強さや、愛することに臆病な一面や、ふとした弾みで暴走しかねない情欲が潜《ひそ》んでいて。

でも、そんな眞山を…否、そんな眞山だからこそ、自分はここまで強く惹かれたのだ。

自ら手を伸ばし、一緒に在《あ》りたいと、心から願うほど。

「瑛一……本当にいいのかい、このままのわたしでも」

「本当です」

うなずく百合野の唇に、眞山は啄むようなキスを落とす。

「嬉しいよ、瑛一……愛してる」

「僕も……僕も薫さんを愛しています」

そう告げる唇に深く口づけるため、眞山がゆっくりと眼鏡を外し、微笑む。

それは消えない至福の残像となって、百合野の胸に甘く刻み込まれた。

おわり

あとがき

花丸文庫の読者の皆さま、初めまして。結城一美《ゆうきかずみ》です。

このたびは『抗えない情熱』を手に取っていただきまして、ありがとうございます。実はこの本は結城の二十一冊目の本になるのですが、花丸文庫さんからは初めてということで、妙にリキが入りまくった、冷や汗ものの一冊となりました。

いつも予定のページ数をオーバーして書きすぎてしまう傾向がある結城のこと、今回は抑えめに…と心がけて執筆していたせいか、あちら方面がギュギュッと凝縮濃厚に書き上がってしまった気がするのです（汗）。

特に眞山《まやま》。失恋した主人公を慰める年上の紳士っていいですよね〜と設定をふっていただいた担当Uさんに応えるべく、ノリノリで書きまくっていたら、いつの間にか紳士の皮を被った、ただの××オヤジになってしまい…（涙目）。あげく短めに書き上がったのはよかったんですが、やはりエピソードが足りず、書き足してみたら、結局いつもと変わりないページ数になって…。

しかもそれに伴ってあちこち修正をしていたら、眞山がさらに本領を発揮し、濡れ場がねっとり濃い系に仕上がってしまって、ダーッと滝の汗が。ラスト、眞山が「本当にいいのかい？　このままのわたしでも」と聞くのに、頬を染めうなずく百合野《ゆりの》のシーンで、結城、思わず「百合野っ、ホントにそれでいいの？　あんた騙《だま》されてないい～っ？」と叫んでしまいました。

でも、初の花丸文庫だというのに、ちょっと…いや、かなり飛ばしてしまったかも、どどうしよう、とハラハラしていたんですが、なんと担当Uさんだけでなく、今回イラストを描いてくださった小山田《おやまだ》先生にも、思いがけず楽しんで盛り上がってもらえたとのこと（特に心配していた眞山で・笑）正直ホッとしております。

しかも小山田先生には、××オヤジの魅力たっぷりな眞山と、その手練手管《てれんてくだ》に翻弄される子羊百合野、そして、なんで俺が振られるの？　というほどイイ男になっちゃったかも…な相葉《あいば》を、結城のイメージ以上に素敵に描いていただけて、感激ひとしおです。小山田先生、いろいろお気遣いくださいまして、本当にありがとうございました。

また今回、初めて一緒にお仕事をさせていただきました担当Uさん。

こんなにもノリよく執筆が進んだのもUさんのご指導のおかげです。今後も何かとご迷惑をおかけするかと思いますが、どうぞよろしくお願い致します。

ということで、なんとかハッピーエンドを迎えた眞山と百合野ですが、皆さま少しはお楽しみいただけましたでしょうか。

しかし、晴れて恋人同士になったとはいえ、会社には百合野の元彼の相葉がいるわけですし、dolphinに行けば、眞山がかつて関係した数多くの相手に遭遇することもあるわけで、二人ともそのたびに相当やきもきするんだろうなぁ…と、今後も波風の絶えない眞山と百合野かもしれません。

そのへんも含めまして、ご感想・ご意見・リクエスト等ありましたら、ぜひ編集部の方へよろしくお願い致します。

また、左記アドレスでは、結城の商業誌&同人誌などの情報やブログも公開しておりますので、よろしかったら、ご覧になってみてください。

http://www47.tok2.com/home/yuukikazumi/

それでは次回も精いっぱい頑張りますので、どうぞよろしく。

また、お会い致しましょう。

結城一美

Hanamaru Bunko

作家・イラストレーターの先生方へのファンレター・感想・ご意見などは
〒101-0063 東京都千代田区神田淡路町2-2-2
白泉社花丸編集部気付でお送り下さい。
編集部へのご意見・ご希望などもお待ちしております。
白泉社のホームページはhttp://www.hakusensha.co.jpです。

白泉社花丸文庫

抗えない情熱

2009年3月25日　初版発行

著　者　結城一美 ©Kazumi Yuuki 2009
発行人　酒井俊朗
発行所　株式会社白泉社
〒101-0063 東京都千代田区神田淡路町2-2-2
電話 03(3526)8070(編集) 03(3526)8010(販売)
印刷・製本　株式会社廣済堂
Printed in Japan　HAKUSENSHA　ISBN978-4-592-87583-3
定価はカバーに表示してあります。